KB064222

이상한 그림

HENNA E by Uketsu

일러두기
– 옮긴이주는 *로 표기했다.

変な絵

이상한 그림

김은모 옮김

우케쓰 지음

봄볕

"그럼 이제 그림 한 장을 보여드릴게요."

대학교 강의실 칠판에 그림 한 장이 붙여졌다.

심리학자 하기오 도미코는 그림을 가리키며 말했다.

"지금은 학생 여러분 앞에서 강의하고 있지만, 저는 예전에 심리상담사로 일하며 수많은 분께 상담을 해드렸습니다. 이 그림은 제가 심리상담사로 일한 지 얼마 안 되었을 무렵에 담당한 여자아이가 그린 그림을 복사한 겁니다. 이름은 'A코'라고 할까요? A코는 열한 살 때 어머니를 살해했습니다."

'어머니를 살해했다'는 충격적인 말에 학생들이 술렁거렸다.

"저는 A코의 정신분석에 '그림 테스트'라는 방법을 사용하기로 했습니다. 그림 테스트란 대상자가 그린 그림으로 심리를 파악하는 분석 기법이에요. 그림은 사람의 마음을 비추는 거울이라는 말이 있듯이, 그림에는 그걸 그린 사람의 내면이 드러나는 법이죠. 특히 인간, 나무, 집을 그린 그림에 그러한 경향이 현저해요. 여러분, 이 그림을 보고 뭔가 이상한 점을 못 느끼겠어요?"

하기오는 강의실을 둘러보았다.

학생들은 알쏭달쏭하다는 표정으로 칠판에 붙은 그림을 바라보았다.

"모르겠어요? 얼핏 보기에는 평범하고 귀여운 그림으로 보이겠죠. 하지만 군데군데 아주 묘한 부분이 있답니다. 일단 한복판에 그려진 여자아이의 '입'을 자세히 보세요.

모양이 분명치 않고 좀 지저분하죠. A코는 입을 잘 못 그리겠는지 몇 번이나 지우개로 지우고 선을 다시 그었습니다. 다른 부분은 한 번에 깔끔하게 선을 그었는데, 왜 입만 몇 번이나 실패했을까요? 여기서 A코의 심리를 파악할 수 있습니다.

A코는 어머니에게 학대받았어요. 그래서 어머니가 화내지 않도록 집에서는 항상 억지로 웃음을 지으며 비위를 맞추었다고 해요. 속으로는 무서우면서도 겉으로는 늘 가짜 웃음을 지어야 했던 거죠. '잘 웃지 못하면 얻어맞는다.' ……당시 느꼈던 기분이 되살아나 긴장한 나머지 손이 떨려 입을 잘 그릴 수 없었던 거예요. A코의 비통한 심정은 그림 속 왼편에 있는 집에도 잘 나타나요.

이 집, 문이 없죠. 문이 없으면 안에 못 들어갑니다. 그래요, 이 집은 A코의 마음 그 자체예요. '내 마음속에 아무도 들여놓기 싫다', '혼자 틀어박혀 있고 싶다' 같은 도피 욕구를 확인할 수 있습니다. 마지막으로 그림 속 나무를 잘 보세요.

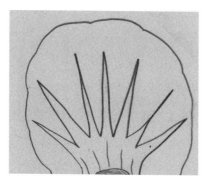

나뭇가지가 가시처럼 뾰족하죠. 이런 모양의 나뭇가지는 범죄자가 그린 그림에서 자주 보입니다. '해코지하겠다', '찔러

버리겠다' 같은 사나운 공격성이 표출되었다고 할 수 있어요. 심리상담사는 이러한 정보를 종합해 대상자의 상태를 적절하게 진단해야 합니다."

하기오는 학생들의 눈을 보고 천천히 이어 말했다.

"저는 이 그림을 그린 A코가 갱생할 가능성이 충분하다고 판단했습니다. 그 이유를 알겠나요? 나무 그림을 다시 보세요. 이번에는 나뭇가지 말고 줄기를 살펴봅시다. 나무에 생긴 구멍 속에 새가 살고 있죠? 이런 그림을 그리는 사람은 보호 본능이 있고, 모성애가 강한 경향이 있어요. '나보다 약한 존재를 지키고 싶다', '안전한 곳에 살게 해주고 싶다' 같은 마음이 표출된 거죠. A코는 사나운 공격성 속에 아주 다정한 마음을 숨기고 있다고 할 수 있어요. 동물이나 어린아이와 접촉할 기회를 주면, 다정한 마음이 자라나서 공격성이 약화되겠죠. 제 생각은 그랬어요. 지금도 저의 진단 결과에 자신 있고요. 성인이 된 A코는 현재 행복한 어머니로 살고 있다고 합니다."

차례

제1장

바람 속에 서 있는
여자 그림

③

사사키 슈헤이

2014년 5월 19일.

도쿄의 어느 서민 동네에 자리한 허름한 연립주택의 한 방은, 늦은 밤인데도 환하게 불이 켜져 있었다.

이 방에 사는 사사키 슈헤이는 스물한 살 대학생이다. 평소 같으면 취업 관련 공부를 하든지 이력서를 쓰느라 여념이 없겠지만, 오늘은 웬일로 모니터를 들여다보는 중이었다.

"이건가……. 구리하라가 말한 블로그는……."

혼잣말이 흘러나왔다.

구리하라는 사사키가 소속된 오컬트 동아리의 후배다. 오늘 오후, 학교 식당에서 우연히 마주쳐 같이 밥을 먹었다. 한동안 취업 준비에 바빠 좀처럼 동아리에 얼굴을 내밀지 못했던 사사키는 오랜만에 후배와 즐겁게 이야기를 나누었다.

서로의 근황과 동아리 합숙 계획 등에 관해 대강 이야기를 마치자, 화제는 당연히 오컬트 쪽으로 흘러갔다.

"사사키 선배. 요즘 정보 수집은 하고 있어요?"

구리하라가 겸손한 표정으로 물었다. '정보 수집'이란 쉽게 말해 '오컬트 관련 작품을 보거나 읽는다'라는 뜻이다.

"아니, 시간이 없어서 전혀. 영화고 책이고 인터넷이고 보질 못해."

"그럼 괜찮은 정보를 알려드릴게요. 실은 얼마 전에 이상한 블로그를 발견했거든요."

"블로그? 어떤?"

"'나나시노 렌 마음의 일기'라고, 얼핏 보기에는 평범한 블로그지만 어쩐지 찜찜하달까⋯⋯. 여러모로 이상해요. 무서운 건 보장할 테니 꼭 살펴보세요."

"⋯⋯."

사사키가 알기로 구리하라는 아주 시니컬한 녀석이다. 늘한 발짝 물러나서 '한번 두고 보자'라는 태도로 일관하는 구석이 있다. 그런 구리하라가 열띠게 말하는 모습을 보고 사사키는 심상치 않다는 느낌을 받았다.

***

자정. 방에는 시계 소리만 들린다. 사사키는 침을 꿀꺽 삼키고 구리하라가 알려준 블로그에 들어갔다.

무섭다……기보다 그리운 기분이 들었다. 예전에는 이런 블로그가 많았다.

블로그는 누구나 간단히 글이나 그림을 올릴 수 있는 개인용 웹사이트다. 뭘 올릴지는 자유로 일기, 취미, 정치 불만 등 뭐든 상관없다. 그런 자유로움이 인기를 끌어서 한때는 개나 소나 블로그를 했다. 하지만 요 몇 년 새 붐이 가라앉아서 예전만큼은 인기가 없다.

블로그 이름으로 상상컨대 이 블로그의 운영자는 '나나시노 렌'이라는 사람이리라. '나나시노(七篠)'는 성씨인 듯하지만, 어쩌면 발음이 같은 단어 '名無しの'(*일본어로 '이름 모를', '무명(無名)의'라는 뜻이다)를 이용해 말장난한 건지도 모른다. '이름 모를 아무개'가 아닌 '이름 모를 렌'인 셈이다.

'마음의 일기'는 마음속에 떠오른 일을 쭉 써나가겠다는 뜻일지도 모르겠다.

블로그 이름 밑에는 제일 최근에 올린 글이 표시되어 있었다. 2012년 11월 28일. 약 1년 반 전에 올린 글을 마지막으로 블로그는 방치되어 있었다.

내용은 다음과 같았다.

가장 사랑하는 사람에게

2012.11.28.

오늘부로 블로그를 그만두겠습니다.

그 그림 세 장의 비밀을 알아차렸기 때문입니다.

당신이 대체 어떠한 고통을 짊어지고 있었는지, 나로서는 이해할 수 없습니다.

당신이 저지른 죄가 얼마나 큰지, 나로서는 가늠도 안 됩니다.

당신을 용서할 수는 없습니다. 그래도 당신을 사랑하겠습니다.

- 렌

이 짤막하고 찜찜한 글을 사사키는 몇 번이고 되풀이해 읽었다. 읽으면 읽을수록 수수께끼가 깊어졌다.

'가장 사랑하는 사람', '그림 세 장의 비밀', '당신이 저지른 죄' ……이 말이 무슨 의미인지 전혀 파악할 수 없었다.

수수께끼를 풀기 위해 사사키는 렌의 옛날 일기를 읽어보기로 했다. 일기가 처음으로 올라온 날짜는 2008년 10월 13일이었다.

안녕하세요

2008.10.13.

오늘부터 블로그를 해보기로 했습니다. 일단 제 소개부터. 제 이름은 나나시노 렌입니다.

얼굴 사진을 올리고 싶지만, 인터넷에 개인 정보를 공개하면 위험하다고 충고하길래 초상화를 대신 올리겠습니다.

사실 이 그림은 제 아내가 그려주었습니다.

아내의 이름은 유키입니다. 아내가 저보다 여섯 살 많은 연상연하 부부예요.

블로그를 시작할 거니 초상화를 그려달라고 부탁했더니, 5분도 안 되어 척 그려주더군요. 과연 일러스트레이터로 일했던 실력은 어디 가지 않습니다. 정말 잘 그려요!

실물보다 너무 멋있게 그린 거 아닌가……?

어쨌거나 저희 일상을 일기 형식으로 자유롭게 써나갈 생각입니다.

매일 올릴 예정이니 많은 관심 부탁드립니다!

- 렌

기념일

2008.10.15.

안녕하세요, 렌입니다!

매일 올리겠다고 했으면서, 어제는 피곤해서 아무것도 쓰지 못하고 잠들었네요. 죄송합니다. 오늘부터 열심히 하겠습니다!

자, 오늘 10월 15일은 아주 중요한 날인데요.

바로 작년에 결혼한 저희 부부의 결혼기념일입니다!

홀 케이크를 사서 축하했습니다. 지갑에 큰 출혈이 있었지만, 맛은 끝내주더군요.

맛있어서 두 조각이나 먹었습니다. 그랬더니 유키가 "너무 많이 먹잖아! 살쪄" 하며 화내더라고요. ㅜ.ㅜ

남은 케이크 네 조각은 냉장고에 넣어두었다 내일 먹겠습니다. 벌써 기대되네요!

- 렌

이런 일기가 1주일에 네다섯 번꼴로 올라왔다. 대부분이 ○○을 먹었다, ○○에 놀러 갔다 같은 하잘것없는 내용이었고, 가장 최근 글에 나온 '죄'나 '고통'에 관해 언급한 부분은 찾을 수 없었다.

그러던 가운데 두 사람에게 변화가 생긴다.

알려드립니다

2008.12.25.

안녕하세요, 렌입니다!

유키가 아침부터 몸이 안 좋길래 오전에 병원에 다녀왔다고 합니다.

진찰 결과, 배 속에 아기가 있다는 사실이 판명!

유키에게 그 소식을 들었을 때 얼마나 기쁜지 펄쩍 뛰어오를 정도였습니다! 최고의 크리스마스 선물이에요!

다시 한 번 알려드립니다. 저희가 아빠, 엄마가 된대요!

- 렌

이날부로 블로그는 아이에 관련된 화제로 도배된다. 유키의 몸 상태를 걱정하는 한편으로, 아이 생각에 푹 빠진 렌의 심경이 전해졌다.

역시 입덧은 큰일

2009.1.3

유키는 오늘도 입덧 때문에 힘든지 설 명절 요리도 거의 못 먹었습니다.

저는 등을 문질러주는 게 고작이에요. 제가 아무 도움도 안 된다는 걸 뼈저리게 느낍니다.

흔히 입덧할 때는 신 걸 먹고 싶어진다는데, 그것도 개인차가 있는 모양입니다.

유키는 "요구르트라면 토하지 않고 먹을 수 있어"라고 하더군요.

그래서 현재 저희 집 냉장고는 요구르트로 가득합니다.

편의점에 또 사러 가야겠네요!

- 렌

배가 불룩

2009.2.8

오늘로 임신 13주째에 들어섰습니다.

입덧은 끝날 기미가 안 보이네요.

오늘도 요구르트를 잔뜩 사서 집에 왔습니다. 이것저것 먹어보았는데 알로에 요구르트가 몸에 제일 잘 맞는 모양이에요.

그나저나 유키의 배가 점점 불룩해지고 있습니다. 아기가 잘 자라고 있다는 걸 실감……! 기쁘네요!

– 렌

꽃 구경

2009.3.16

유키의 몸 상태가 많이 안정되어서 오랜만에 둘이 외출했습니다. 근처 공원에 갔어요. 아직 활짝 피지는 않았지만 벚꽃이 예쁘더라고요.

둘이 벤치에 앉아 태어날 아기에 대해 이런저런 이야기를 나누었습니다.

어떤 학원에 보낼까, 무슨 애니메이션을 제일 먼저 보여줄까 등등.

좀 성급하긴 하지만, 아기와 함께할 생활을 상상하면 정말 즐거워요.

이름도 정하고 싶지만 아직은 왕자님인지 공주님인지 모르니까, 성별이 확인된 후의 즐거움으로 남겨놓아야겠어요. 만약 공주님이면 '사쿠라'가 좋겠다고 둘이서 이야기했습니다.

– 렌

이 시기까지는 흐뭇한 부부의 일상이 이어졌다.

하지만 임신 중기를 넘어선 5월부터 먹구름이 끼기 시작한다.

초음파 검사

2009.5.18

오늘은 제가 일을 쉬는 날이라 유키와 함께 검진을 받으러 다녀왔습니다!

초음파 검사로 처음 확인한 아기의 모습을 보고 감동받았어요!

다만 아기가 거꾸로 들어선 모양이에요.

역아는 출산할 때 힘들다는 이야기를 들어서 불안했지만, 아직은 아기의 크기가 작고 배 속에서 빙글빙글 회전하는 시기라서 조만간 똑바로 돌아올 수도 있다는 말에 안심했습니다. 다행이다!

하지만 충격적인 소식이 한 가지.

아기가 거꾸로 있는 상태에서는 아기의 사타구니가 엄마의 골반에 가려져서 성별을 확인할 수 없다네요…….

아기 이름을 정하려면 조금 더 기다려야겠습니다!

- 렌

역아……. 원래는 머리를 아래로 향하고 있어야 하는 태아가 뒤집혀서 발을 아래로 향하는 현상이다. 이것이 앞으로 두 사람에게 큰 과제가 된다.

힘내자!

2009.7.20

검진을 받으러 다녀왔습니다.

아기는 아직도 역아 상태래요.

이 시기에 들어서면 아기의 몸이 저절로 돌아가는 사례가 거의 없으므로, 외부의 힘으로 몸을 돌려줘야 한다고 해요.

역아를 돌려놓는 체조를 배웠습니다. 유키는 앞으로 매일 집에서 이 체조를 하겠답니다.

저도 도울 수 있는 일은 뭐든지 도울 거고요!

둘이 함께 힘내자!

- 렌

덥다

2009.8.17

오늘은 검진 날이었습니다.

지난 한 달간 둘이서 체조에 힘썼지만 아기는 여전히 역아 상태예요.

유키가 충격을 많이 받았어요.

하지만 만반의 준비를 하면 역아 상태라도 안전하게 출산할 수 있다길래 조금 안심했습니다. 노련한 조산사님이 있어서 든든하네요!

따라서 왕자님일지 공주님일지는 태어나봐야 알 수 있을 것 같습니다. ㅎㅎ

돌아오는 길에 유키와 카페에 들러서 주스를 마셨습니다.

유키는 두 번이나 리필했어요. 더운 날씨가 이어져서 그런지 요즘 목이 엄청 마르대요.

아기 몫까지 수분을 보충해야 하니까 힘들겠어!

- 렌

그리고 출산 예정일이 코앞으로 다가온 9월 3일에 유키에게 이변이 발생한다.

산전 우울증

2009.9.3

오늘 유키가 갑자기 울음을 터뜨렸습니다.

이유를 물어도 가르쳐주지 않아서 난감한 기분…….

아마 산전 우울증이 아닐까 싶네요.

진정될 때까지 옆에서 계속 등을 쓰다듬어주었습니다.

곧 출산이니 여러모로 불안한 거겠죠.

나도 좀 더 듬직한 남편이 되어야 할 텐데…….

- 렌

아기 그림

2009.9.4

유키가 어제와는 딴판으로 기운을 차렸습니다!

게다가 오랜만에 그림을 그려줬어요!

엄청 귀여워요! 태어날 아기를 생각하며 그렸다고 합니다.

왜 산타 같은 모습이냐고 물었더니 "이 아이는 우리에게 산타니

까"라고 답하더군요.

잠시 생각하다가 겨우 무슨 뜻인지 알았습니다!

임신 소식을 들은 날이 작년 크리스마스였으니까요! 그로부터 아

홉 달이 지났나! 긴 것도 같고 짧은 것도 같은…….

- 렌

미래 예상도

2009.9.5

어제에 이어 오늘도 유키의 그림을 소개합니다!

아기가 자란 모습을 상상해서 그린 그림입니다.

본인이 말하길 '미래 예상도'라고 하네요.

결국 끝까지 역아 상태라서 아직 성별을 모르니까, 일부러 어느 쪽

으로 봐도 무방하도록 그렸다나 봐요.

과연 전직 일러스트레이터답네요. 보통 사람은 생각도 못 할 발상

이에요!

그나저나 어제 그림에도 있었는데, 그림 아래쪽에 적힌 숫자는 뭘까요?

유키에게 물어보니 "비밀!"이래요. 음, 아무리 생각해도 모르겠네!

- 렌

판박이

2009.9.6

오늘 저녁은 메밀국수를 배달시켜 먹었습니다.

튀김 메밀국수 맛있게 잘 먹었다~.

자, 오늘도 유키가 미래 예상도를 그려줬습니다.

이번에는 어른이 된 모습이에요! 머리카락이 바람에 휘날리는 모습이 멋지네요!

여자아이라면 이렇게 자라길 바라는 마음을 담아 그렸다고 합니다.

유키와 판박이예요! 엄마를 닮는다면 절세미인이 되겠지!

덧붙여 남자아이 버전은 내일 그려주겠답니다. 기대되네요!

- 렌

판박이……?

2009.9.7

이제 예정일까지 사흘 남았습니다!

출산은 걱정되지만, 빨리 아기와 만나고 싶네요!

자, 오늘의 미래 예상도는 어른이 된 아기의 모습(남자아이 버전)입니다.

유키 말로는 아빠와 닮게 그렸대요…….

거참, 난 이렇게 안 멋있다니까!(하지만, 기뻐!)

- 렌

기도

2009.9.8

예정일까지 이틀!

언제 진통이 와도 문제없도록 만반의 준비를 해두었습니다!

유키는 긴장한 기색이에요. 하지만 그림은 그려주었습니다!

손을 움직이면 긴장이 가라앉는다나요.

오늘의 미래 예상도는 꽤 먼 미래입니다. 어느덧 나이를 먹어 할머니가 된 아기의 모습을 그렸대요. 흰옷을 입고, 뭘 기도하는 걸까요?

아기가 이렇게 나이를 먹었을 즈음이면 저희는 이미 이 세상에 없겠죠…….

앗, 어두운 생각을 하면 안 돼. ㅎㅎ

분명 내일은 할아버지 그림이겠죠. 기대해보겠습니다!

- 렌

드디어 내일!

2009.9.9

드디어 내일이 출산 예정일입니다.

제가 저녁부터 안절부절못하자, 오히려 유키가 "진정해" 하면서 웃더군요.

역시 이럴 때는 여자가 더 강하네요.

유키는 이미 마음의 준비를 한 모양입니다.

그렇지만 그림 그릴 기분은 아닌가 봐요. 따라서 어제 예고했던 할아버지 그림은 없습니다. 기대해주신 분들, 죄송합니다!

분명 앞으로 얼마 동안은 정신없을 테니, 한동안 블로그는 쉬겠습니다.

다음 일기는 출산 소식이 되겠네요!

그동안 건강하게 지내세요!

- 렌

다음 일기는 약 한 달 후에 올라왔다.

알려드립니다

2009.10.11

오랜만입니다. 렌입니다.

겨우 마음이 정리되어서 소식을 알려드립니다.

유키가 세상을 떠났습니다.

아기는 무사히 태어났습니다. 예정일에 진통이 와서 바로 병원에

갔습니다.

처음에는 순조로웠지만 분만실에 들어가고 몇 시간이 지나도 아

기는 태어나지 못했고, 도중에 유키의 상태가 급변해서 즉시 수술

을 실시했습니다.

아기는 간신히 구했지만, 유키는 수술 도중 사망했습니다.

그 후로 순식간에 한 달이 지나갔습니다.

유키의 장례식을 치르고 아기를 돌보느라 바빠서 슬퍼할 여유도

없었습니다.

하지만 지금 이렇게 혼자 글을 쓰고 있으니, 눈물이 날 것 같네요.

괴롭지만 아기를 위해 강해져야겠죠.

열심히 아기를 키우겠습니다.

- 렌

사사키는 한동안 멍하니 컴퓨터 화면을 들여다보았다. 갈 곳 없는 감정이 가슴속을 맴돌았다. 유키도 렌도, 따지자면 생판 남이다. 애당초 이 블로그에 들어온 것도 호기심 때문이었다.

하지만 일기를 읽는 동안 어느덧 두 사람에게 감정을 이입했음을 깨달았다. 살면서 이런 상실감은 처음 맛보았다.

남겨진 아버지와 아이에게는 어떤 인생이 기다리고 있을까……

사사키는 두 사람의 미래가 궁금했다. 유키의 죽음을 극복하고 렌이 아이와 행복하게 살고 있는 모습을 보고 싶었다.

기도하는 심정으로 '다음 일기로'라는 버튼을 클릭했더니 새로운 페이지가 표시됐다.

글 제목을 보고 사사키는 눈을 의심했다.

가장 사랑하는 사람에게

2012.11.28.

오늘부로 블로그를 그만두겠습니다.

그 그림 세 장의 비밀을 알아차렸기 때문입니다.

당신이 대체 어떠한 고통을 짊어지고 있었는지, 나로서는 이해할 수 없습니다.

당신이 저지른 죄가 얼마나 큰지, 나로서는 가늠도 안 됩니다.

당신을 용서할 수는 없습니다. 그래도 당신을 사랑하겠습니다.

- 렌

사사키가 제일 처음 읽은 일기였다.

렌은 2009년 10월 11일에 아내가 죽었다는 소식을 알린 후로 **일기를 한 번도 올리지 않다가** 몇 년 후에 갑자기 이 글을 올린 셈이다. 다시 글을 읽어보았다.

'가장 사랑하는 사람', ……아마도 유키이리라. 이 글은 죽은 아내에게 쓴 글로 추정된다.

'당신이 저지른 죄', ……살펴본 바, 블로그에는 유키가 죄를 짓는 듯한 묘사는 없었다.

'당신을 용서할 수는 없습니다', ……그렇게 사랑했던 아내를 용서할 수 없다니, 어째서일까.

'그 그림 세 장의 비밀', ……'그림'이라고 하면 유키가 출산 예정일을 앞두고 그린 '미래 예상도'가 떠오른다.

그림 실력이 뛰어난 유키가 태어날 아이의 미래를 상상해서 그린 그림. 독특한 행동이지만, 특별히 이상하게 볼 일은 아니다. 건강하게 오래 살기를 바라는 마음을 담아서 그렸으

리라. 사사키가 생각하기에는 그랬다.

렌은 아내가 그린 그림 다섯 장 중 세 장을 보고 거기에 숨겨진 '비밀'을 알아차렸다. 대체 무슨 비밀일까. ……사사키는 난해한 퍼즐 앞에 멈춰 선 듯한 기분이었다.

하지만 힌트가 없지는 않다. **그림 가장자리에 적힌 숫자**다.

다섯 장의 그림에는 각각 숫자가 매겨져 있다. 렌이 무슨 뜻인지 묻자 유키는 "비밀!"이라면서 얼버무렸다. 이 숫자가 수수께끼를 풀 열쇠가 아닐까 싶었다.

사사키는 그림 다섯 장을 인쇄해 숫자 순서대로 늘어놓았다. 그러자 ① 아기 → ② 할머니 → ③ 어른(여자) → ④ 어린이 → ⑤ 어른(남자)

이 되어 시계열이 뒤죽박죽이었다.

"아기부터 시작해서…… 나이를 먹고, 어린이로 돌아와서…… 다시 어른으로? 하나도 모르겠네……."

사사키는 한숨을 쉬고 방바닥에 드러누웠다. 창밖을 보자 이미 하늘이 희끄무레해졌다. 곧 아침이다.

"잠을 좀 자야지……."

10시 반에 있을 강의를 듣기 전에 잠깐 눈을 붙이기로 했다.

**

정오가 지나면 학교 식당은 금세 가득 찬다. 자리를 확보하려면 12시가 되기 전에 승부를 봐야 한다. 사사키는 오전 강의가 채 끝나기도 전에 강의실을 빠져나와 식당으로 달렸다.

목적은 점심이 아니라 구리하라를 만나는 것이다.

달린 보람이 있었는지 테이블은 대부분 비어 있었다. 열심히 구리하라를 찾았지만 눈에 띄지 않았다. 아직 안 온 걸까.

일단 식권이라도 살까 싶었을 때 뒤에서 누군가 어깨를 두드렸다.

"사사키 선배! 또 만났네요. 아까 열심히 달려가는 모습을 봤는데, 그렇게 배고프세요?"

구리하라였다.

두 사람은 카레라이스가 담긴 접시를 들고 테이블에 마주 앉았다.

"구리하라. 네가 말했던 블로그에 들어갔어."

"수수께끼에 휩싸인 느낌이죠?"

"응. 덕분에 수면 부족이야. 이것저것 생각해봤지만 결국 전혀 모르겠더라고. 진짜 이상한 블로그였어."

"맞아요."

"마지막 글만 없으면 평범한 애처가 일기지만."

"……그런가요?"

구리하라가 갑자기 날카로운 시선을 던졌다. 사사키는 무심코 움찔했다.

"사사키 선배, ……제가 보기에도 마지막 글은 찜찜했어요. 그뿐만이 아니에요. 그 블로그는 전체적으로 이상하다고요."

"……그게 무슨 소리야?"

"예를 들면…… 아이가 태어난 후의 일기가 **삭제**된 거라든가."

"'삭제'됐다니……?"

"마지막 글을 읽으면 알 수 있어요. 잠깐만 기다리세요."

구리하라는 가방에서 스테이플러로 찍은 A4용지 다발을 꺼내 테이블에 내려놓았다. 렌의 블로그를 인쇄한 출력물이었다.

"구리하라……. 너, 그걸 전부 출력한 거야?"

"학교를 오가는 시간에 읽으려고요. 수수께끼를 풀고 싶으니까요."

가장 사랑하는 사람에게

2012.11.28.

오늘부로 블로그를 그만두겠습니다.

그 그림 세 장의 비밀을 알아차렸기 때문입니다.

당신이 대체 어떠한 고통을 짊어지고 있었는지, 나로서는 이해할 수 없습니다.

당신이 저지른 죄가 얼마나 큰지, 나로서는 가늠도 안 됩니다.

당신을 용서할 수는 없습니다. 그래도 당신을 사랑하겠습니다.

- 렌

"'오늘부로 블로그를 그만두겠습니다.' ……이 문장이 중요해요. 상식적으로 생각할 때 '오늘부로 ○○을 그만두겠습니다'라는 식의 말은 **아주 최근까지 그걸 해왔던 사람이 하는 말이에요.** 예를 들어 '오늘부로 담배를 끊겠습니다'라고 말하는 사람이 있다면 누구나 '그 사람이 어제까지는 담배를 피웠다'고 해석하겠죠. 마찬가지로 '오늘부로 블로그를 그만두겠습니다'라는 문장에는 '그 이전까지 정기적으로 블로그에 글을 올렸다'는 뉘앙스가 담겨 있는 거예요.

하지만 이 글의 이전 글인 유키의 죽음을 알리는 일기가 올라온 후, '가장 사랑하는 사람에게'가 올라올 때까지 몇 년의 공백기가 있어요. 그래서 전 이렇게 생각했죠. 사실은 렌이 그동안 계속 일기를 올리지 않았을까. 하지만 무슨 이유로 나중에 일기를 모조리 삭제한 건 아닐까 하고요."

"……."

"자기 블로그에 올린 글을 지우는 건 드문 일이 아니에요. 저도 고등학생 때 블로그에 올린 《신세기 에반게리온》 분석 글은 전부 지웠는걸요. 그렇다 쳐도 렌은 좀 이상해요. 부인이 살아 있을 때 올린 일기만 남기고, 아이가 태어난 후에 올린 일기는 지운다……. 어쩐지 찜찜하잖아요. 이유를 모르겠어요."

"듣고 보니……. 난 짐작도 못 했네."

"이상한 점은 또 있어요. 10월 15일 일기를 보세요."

기념일

2008.10.15.

안녕하세요, 렌입니다!

매일 올리겠다고 했으면서, 어제는 피곤해서 아무것도 쓰지 못하고 잠들었네요. 죄송합니다. 오늘부터 열심히 하겠습니다!

자, 오늘 10월 15일은 아주 중요한 날인데요.

바로 작년에 결혼한 저희 부부의 결혼기념일입니다!

홀 케이크를 사서 축하했습니다. 지갑에 큰 출혈이 있었지만, 맛은 끝내주더군요.

맛있어서 두 조각이나 먹었습니다. 그랬더니 유키가 "너무 많이 먹잖아! 살쪄" 하며 화내더라고요. ㅜ.ㅜ

남은 케이크 네 조각은 냉장고에 넣어두었다 내일 먹겠습니다. 벌써 기대되네요!

- 렌

"선배에게 수수께끼를 하나 낼게요. **유키는 케이크를 몇 조각 먹었을까요?**"

"음……. 두 조각을 먹은 렌에게 너무 많이 먹는다고 화냈으니 일반적으로 생각하면 한 조각이 아닐까?"

"그렇죠. 자기가 두 조각 이상 먹었다면 '똥 묻은 개가 겨 묻은 개를 나무라는 격'일 테니까요. 따라서 이날 유키는 케이크를 한 조각, 렌은 두 조각 먹었다고 추측할 수 있어요. 그리고 남은 케이크는 네 조각이니까 모두 일곱 조각. 유키와 렌은 홀 케이크를 7등분한 셈이에요. 이상하지 않나요?"

"……그러게. 잘라 먹는다면 8등분이겠지."

"맞아요. 이날 분명 **케이크는 8등분되었겠죠.** 유키가 한 조각, 렌이 두 조각을 먹고 네 조각이 남았으면 총 일곱 조각……. 그럼 남은 한 조각은 어떻게 됐을까요?"

"흠……."

"그걸 먹은 사람이 있다는 뜻이에요. ……이 집에는 **유키와 렌 말고도 누군가 살고 있던 게 아닐까요?**"

"뭐?! ……에이, 그건 너무 억지 아니야? 렌이 숫자를 착각했을 뿐일지도 모르는데……."

"물론 이 글만을 근거로 말씀드리는 건 아니에요. 보이지 않는 제삼자의 그림자는 다른 글에도 어른거리거든요. 렌이 제일 처음 올린 글을 읽어보죠."

안녕하세요

2008.10.13.

오늘부터 블로그를 해보기로 했습니다. 일단 제 소개부터. 제 이름은 나나시노 렌입니다.

얼굴 사진을 올리고 싶지만, 인터넷에 개인 정보를 공개하면 위험하다고 충고하길래 초상화를 대신 올리겠습니다.

사실 이 그림은 제 아내가 그려주었습니다.

아내의 이름은 유키입니다. 아내가 저보다 여섯 살 많은 연상연하 부부예요.

블로그를 시작할 거니 초상화를 그려달라고 부탁했더니, 5분도 안 되어 척 그려주더군요. 과연 일러스트레이터로 일했던 실력은 어디 가지 않습니다. 정말 잘 그려요!

실물보다 너무 멋있게 그린 거 아닌가……?

어쨌거나 저희 일상을 일기 형식으로 자유롭게 써나갈 생각입니다.

매일 올릴 예정이니 많은 관심 부탁드립니다!

- 렌

"글 첫머리에 '인터넷에 개인 정보를 공개하면 위험하다고 충고하길래'라고 쓰여 있죠. 렌에게 개인 정보를 올리면 위험하다고 충고한 사람은 누구일까요?"

"유키 아닐까?"

"그럴까요? 후반부의 한 문장을 자세히 보세요."

블로그를 시작할 거니 초상화를 그려달라고 부탁했더니, 5분도 안 되어 척 그려주더군요.

"**블로그를 시작할 거니**'라고 일부러 설명한 걸로 보건대, 이 시점에 유키는 렌이 블로그를 시작하리라는 사실을 아직 몰랐다고 할 수 있겠죠.

렌, 블로그를 시작하기로 결심	▶	'개인 정보를 공개하면 위험하다'라는 충고를 받음	▶	렌, 유키에게 블로그를 시작하겠다고 알림

그렇다면 누가 렌에게 '개인 정보를 공개하면 위험하다'라고 충고했느냐는 의문이 생겨요. 역시 두 사람에게는 동거인이 있었을 가능성이 크죠. 그게 누구인지…… 두 사람의 부모인지, 형제인지, 친구인지……는 모르겠지만, 한 가지 확실한 점은 렌이 그 인물의 존재를 숨기고 있다는 거예요. 블로그에 그 인물의 이름은 일절 등장하지 않거든요. 그런데도 군데군데 그 인물의 존재를 암시하는 묘사가 나오죠. ……대체 무슨 의도였을까요."

사사키는 정체 모를 공포를 느꼈다. 구리하라가 그 공포심을 더욱 부추겼다.

"이건 어디까지나 시작에 불과해요."

"뭔가 또 있어?"

"네. 제가 제일 무서웠던 건 **역아** 부분이에요."

하지만 만반의 준비를 하면 역아 상태라도 안전하게 출산할 수 있
다길래 조금 안심했습니다. 노련한 조산사님이 있어서 든든하네
요!

"이 대목을 읽고 소름이 끼쳤어요. 제 여동생도 역아 상태
로 태어나 잘 아는데요. 역아 상태일 때는 난산으로 고생할
확률이 아주 높아요. 그런 사실을 몰랐던 시절에는 출산하다
목숨을 잃는 산모와 태아가 많았다더군요. 따라서 현재는 역
아 상태로 판명되면 대부분 제왕절개를 해요. 물론 예외는 있
죠. 하지만 '만반의 준비를 하면 역아 상태라도 안전하게 출산
할 수 있다'니. 제대로 된 병원이라면 경솔하게 그런 소리를
할 리 없어요. 실제로 유키는 출산 도중에 사망했고요."

"돌팔이 의사에게 걸린 건가……."

"네. 수수께끼의 동거인도 그렇고, 그 존재를 감추려는 렌
의 수상쩍은 태도도 그렇고, 단골 병원의 허술함도 그렇고,
유키를 둘러싼 환경은 너무나 이상해요."

＊＊＊

"그런데 구리하라. 그 그림은 어떻게 생각해?"

"'그림 세 장의 비밀'이요?"

"응. 아무리 생각해봐도 난 전혀 모르겠어서……."

"그림에 매겨진 번호는 보셨어요?"

"물론이지."

"그 번호가 축이에요."

"뭐, 그렇겠지. 하지만 번호순으로 늘어놔도 시계열이 왔다 갔다 할 뿐, 아무 힌트도 안 나와."

"사사키 선배. 숫자를 나열하는 방법은 여러 가지예요."

"……무슨 소리야?"

"시계열이 전부가 아니라는 거죠."

"구리하라……. 설마 너, 그 그림의 비밀을 알아냈어?"

"네, 뭐."

"진짜? 나에게도 가르쳐줘!"

"음……. 여기서는 좀 어렵겠는데요. 도구를 사용해야 하거든요."

"도구……?"

"참, 오늘 동아리방에 안 오실래요? 거기서는 가르쳐드릴 수 있어요."

"동아리방이라……. 요즘 전혀 얼굴을 안 비쳐서 어쩐지 멋쩍달까……."

"무슨 말씀이세요! 사사키 선배는 엄연한 동아리원이니까 언제 와도 괜찮아요."

"그런가……?"

"물론이죠."

"……알았어. 그동안 취업 준비로 정신없었는데, 기분 전환도 할 겸 나중에 들를게."

그 말을 듣고 구리하라는 싱긋 웃었다.

"그러셔야죠! 요즘 사사키 선배가 안 와서 얼마나 심심했다고요."

"자식이, 내가 없다고 심심해할 성격도 아니면서. 아무튼 지금은 강의를 들으러 가야 하니까 4시쯤에 갈게."

"알겠어요. 아, 맞다. 이거 사사키 선배한테 드릴게요."

구리하라는 블로그를 출력한 A4용지 다발을 내밀었다.

"괜찮아? 학교 오가는 시간에 수수께끼를 풀겠다며?"

"괜찮아요. 여분으로 뽑아둔 게 있거든요."

"집념이 굉장한데……. 뭐, 준다니 받을게. 고마워."

"별말씀을. 그럼 동아리방에서 기다릴게요. 어쨌든 그 번호가 축이라는 걸 기억해두세요."

***

　강의 시간 내내 사사키는 구리하라에게 받은 A4용지 다발을 들여다보았다. 교수가 장황하게 잡담을 늘어놓는 걸로 유명한 강의라서 사사키뿐만이 아니라 여러 학생이 다른 공부를 하거나 말뚝잠을 자는 등 자유 시간으로 활용했다.

　그렇지만 귀마개라도 하지 않는 한, 교수의 목소리는 저절로 귀에 들어온다. 사사키는 태평한 말투로 진행되는 잡담을 별생각 없이 흘러들었다.

　"……그런 사례를 들 것도 없이, 예술과 건축은 밀접한 관계가 있습니다. 회화도 마찬가지예요. 여러분도 알다시피 눈속임 그림으로 유명한 마우리츠 에서는 하를렘의 학교에서 건축을 배우고……."

　눈속임 그림…….

　그 말을 듣자 사사키의 머릿속에서 불꽃이 번쩍 튀었다.

　혹시 유키가 그린 '미래 예상도'는 **눈속임 그림** 아닐까.

　사사키는 예술에 그다지 해박하지는 않지만 '토끼로도, 오리로도 보이는 그림'이나 '멀리서 보면 해골이지만 가까이에서 보면 쌍둥이로 보이는 그림' 등 착시를 이용한 신기한 회화

50

작품을 몇 번 본 적이 있다. 그러한 회화 작품의 공통점은 관점을 바꾸면 다른 그림으로 보인다는 점이다.

그 그림 세 장의 비밀을 알아차렸기 때문입니다.

아내가 죽고 몇 년 후, 렌은 유키가 그린 그림을 '다른 관점'에서 볼 수 있다는 사실을 알아차린 것 아닐까.

사사키는 A4용지를 넘겨서 '미래 예상도'를 보았다. 각각의 그림을 다양한 각도에서 들여다보다 어떤 사실을 깨달았다.

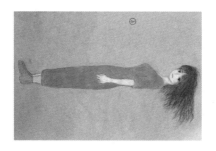

③ '어른(여자)' 그림을 오른쪽으로 90도 돌리면, 바람에 휘날리는 머리카락이 중력에 따라 아래로 늘어진 것처럼 보인다. 한순간 뭔가 알아낸 기분이었지만, 곧장 낙담했다. 서 있는 여자가 누웠다고 해서 뭐가 어쨌다는 말인가. 그리고 누워 있는 그림치고는 팔 각도가 부자연스럽다.

그때 강의실이 갑자기 소란스러워 살펴보니 학생들이 짐을 챙기기 시작했다. 어느새 강의가 끝난 것이다. 한 학생이 강의실 문을 열었다. 그러자 복도에서 거센 바람이 불어와, 책상에 놓아둔 A4용지가 펄럭펄럭 넘어갔다.

그 광경에 사사키는 흠칫했다.

1페이지, 2페이지, 3페이지…….

"사사키 선배. 숫자를 나열하는 방법은 여러 가지예요."

어쩌면 그림에 매겨진 번호는 **그림을 겹치는 순서 아닐까.**

그림을 겹쳤을 때, 각 그림이 조합됨으로써 눈속임 그림처럼 다른 그림이 나타나는 건 아닐까.

사사키는 A4용지 다발에서 그림이 인쇄된 페이지를 떼어 ① 아기, ② 할머니, ③ 어른(여자) 순서로 겹쳤다. 그다음 시험 삼아 형광등 불빛에 비추었다.

이로써 그림 세 장이 겹쳐졌지만 뒤섞인 그림이 다른 뭔가로 보이지는 않았다.

그 후로도 그림, 각도, 위치를 바꾸며 여러모로 시도해보았지만 결국 좌절했다. 조합이 가능한 패턴은 무궁무진하게 많았다.

"젠장……. 뭔가 힌트가 있으면……."

그때 갑자기 구리하라의 말이 머릿속에 되살아났다.

"그 번호가 축이에요."
"그 번호가 축이라는 걸 기억해두세요."

번호가 수수께끼를 푸는 열쇠다……. 그 정도는 말하지 않아도 안다. 구리하라는 왜 뻔한 사실을 강조하듯 두 번이나 말했을까.

"아니, 잠깐만……. 축이라는 건, 그런 뜻인가……."

사사키는 생각에 잠겼다. '축'이란 말 그대로 물리적 의미의 '축'이 아닐까.

중심점. 중핵. 또는 **몇몇 물건을 연결하는 기준점.** ……예를 들면 A4용지 다발을 고정하는 스테이플러 심 같은 것…….

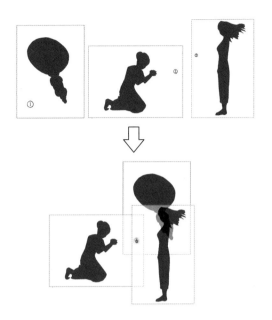

　사사키는 ① ② ③이 같은 위치에 오도록 그림을 겹치고, 번호를 축으로 그림 세 장을 조금씩 회전시켜보았다. 어딘가에서 그림 세 장이 딱 겹치기를 기대하면서.

　하지만 결과는 또 실패로 끝났다.

＊＊＊

　오후 4시, 사사키는 캠퍼스 한쪽 구석에 위치한 동아리 건물에 발을 들여놓았다.

이 건물에는 문과 계열 동아리방이 **빽빽**하게 들어차 있다. 오컬트 동아리방의 문을 여는 건 약 반년만이었다. 안으로 들어가자 책과 잡지가 어지러이 흩어진 세 평짜리 방에서 구리하라 혼자 책을 읽고 있었다.

"기다렸지. 다른 애들은?"

"화요일에는 보통 저 혼자예요."

안 그래도 규모가 작은 데다, 사사키가 속한 기수가 취업 활동에 나서서 동아리가 아주 썰렁해졌다는 걸 깨달았다. 그러자 구리하라가 약간 딱해 보였다.

"그럼 사사키 선배. 그림의 비밀을 바로."

"잠깐만. 실은 아까 내 나름대로 추리해봤어."

사사키는 강의 시간에 떠올린 '눈속임 그림'과 '축'에 관해 설명했다.

"핵심을 잘 짚으셨는데요. 그 정도면 정답이라고 해도 되겠네요."

"정답? 정작 수수께끼는 전혀 못 풀었는데?"

"접근 방법은 맞으니까 한 걸음만 더 나아가면 돼요. 저기, 사사키 선배. 이건 퍼즐이에요. 그리고 그림 다섯 장은 **퍼즐을 구성하는 조각**이고요. 상상해보세요. 만약 직소 퍼즐 조각의 크기가 제각각이라면, 퍼즐을 잘 맞출 수 없겠죠?"

"뭐, 그렇겠지……."

"그림 다섯 장은 원래 도화지에 그려졌어요. 그걸 렌이 사진으로 찍어서 블로그에 올렸고요. 여기서 중요한 점은, **사진만 봐서는 그림의 원래 크기를 모른다**는 거예요.

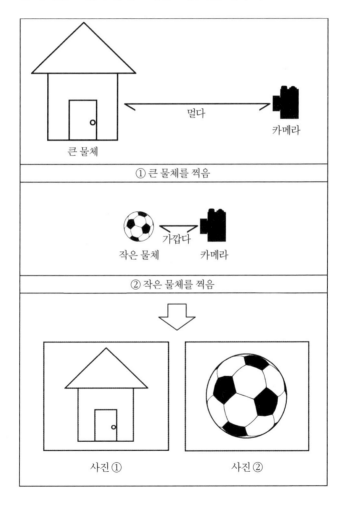

① 큰 물체를 찍음

② 작은 물체를 찍음

사진 ①

사진 ②

예를 들어 큰 물체를 찍을 때는 멀리서 찍겠죠. 반대로 작은 물체는 가까이서 찍을 테고요. 그럼 사진에 담긴 두 피사체의 크기는 비슷해져요.

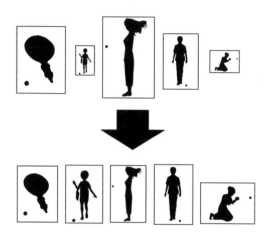

가령 도화지 크기가 제각각이었을 경우, 사진에 담는 과정에서 그림 비율이 달라졌을 가능성이 있어요. 즉, 퍼즐 조각의 크기가 바뀐 셈이죠. 그래서는 어떻게 조합해도 눈속임 그림을 완성할 수 없어요."

"그럼 원래 비율로 되돌리면 되는 건가? 하지만 실물이 없는데 어떻게 비율을 알겠어?"

"그렇죠. 하지만 추측은 가능해요. 그림 다섯 장에는 기준이 되는 축이 있으니까요."

"축……. 번호 말이야?"

"네. 사사키 선배 말대로 번호가 같은 위치에 오도록 그림을 겹치면, 그림은 완성돼요. 다만 주목할 점은 번호가 아니라 **번호에 쳐진 동그라미**예요. 자, 보세요. 동그라미 크기가 다르죠? 우리 추리가 옳다면…… 즉, 번호가 그림을 연결하는 축이라면, 원래는 **동그라미가 전부 같은 크기였다고 봐야 자연스럽겠죠.**"

"그럼 동그라미 크기가 같아지도록 그림을 확대하거나 축소하면 원래 비율로 돌아간다는 건가."

"맞아요. 그러려고 사사키 선배를 여기로 부른 거고요. 좀 가져갈게요."

구리하라는 아까 사사키가 A4용지 다발에서 떼어낸 그림 다섯 장을 들고 동아리방 구석에 있는 프린터로 향했다.

"어디 보자……. 이 그림은 20퍼센트 확대……, 이쪽은 10퍼센트 축소, 그리고 이건…….."

구리하라는 중얼중얼하면서 재빨리 프린터를 설정했다. 잠시 후, 프린터에서 종이 다섯 장이 나왔다.

"다 됐어요. 분명 이게 원래 비율일 거예요."

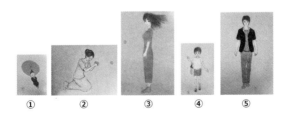

"이렇게 달랐구나······. 좋아, 그럼 이제 겹쳐볼까······."

"잠깐만요. 사사키 선배는 큰 실수를 하나 더 하셨어요."

"뭐?"

"아까 강의실에서 겹친 그림을 **형광등 불빛**에 비춰 봤다고 했죠?"

"응."

"모르시겠어요? 그림 다섯 장에는 ①에서 ⑤까지 번호가 매겨져 있어요. 겹치는 순서를 나타내는 번호겠죠. 즉, 순서가 다르면 **눈속임 그림이 완성되지 않는다**는 뜻이에요."

"뭐······ 그렇겠지."

"하지만 형광등 불빛에 비추면 순서가 어떻든······, 예를 들어 ① ② ③이든 ② ③ ①이든 ③ ② ①이든 보이는 그림은 거의 똑같아져요. 한꺼번에 뒤섞이니까요."

"그럼 어떻게 해야 하는데?"

"선배, '레이어 구조'라고 아세요?"

"레이어 구조······. 아니, 잘 모르는데."

"일러스트레이터가 자주 사용하는 건데요. 예를 들어 일러스트레이터가 '야산을 배경으로 남자아이가 주먹밥을 들고 있는 그림'을 의뢰받았다고 치죠.

　그런데 그림을 완성한 후에 의뢰자가 주먹밥 말고 샌드위
치로 변경해달라거나, 남자아이를 여자아이로 바꿔달라거나,
야산 말고 도시 배경이 좋겠다는 등 이것저것 주문할 때가 가
끔 있대요. 그때마다 그림을 전부 새로 그리면 몸이 남아나지
않겠죠. 그래서 미리 몇 개의 레이어……, 우리말로 하면 '층'
으로 나누어 그림을 그려요.

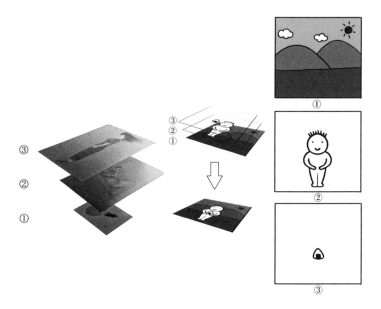

일단 배경이 되는 ① 야산을 그려요. 다음으로 ② 남자아이를 그리고, 마지막으로 ③ 주먹밥을 그리는 거죠.

　외곽선을 딴 후 밑에서부터 ① ② ③ 순서로 겹치면 그림이 완성돼요. 예를 들어 주먹밥 그림에 수정 요청이 들어오면 ③만 새로 그리면 되겠죠. 여기서 주의해야 할 점은 **겹치는 순서**예요. 예를 들어 ②와 ③의 순서가 바뀌면 주먹밥이 남자아이한테 가려져서 안 보이죠. 따라서 레이어 구조에서는 '순서'가 중요해요. 블로그 내용을 보면 유키는 일러스트레이터로 일했어요. 당연히 레이어 구조에 익숙했을 테죠. 그렇다면……

　①이 매겨진 아기 그림은 제일 아래에 두는 배경. 그 위에 ② 할머니 그림을 겹치고, 마지막으로 ③ 어른(여자)을 놓는 거죠. 시험 삼아 이 세 장으로 해볼게요."

　구리하라는 ① ② ③이 똑같은 위치에 오도록 세 장을 겹쳤다. 그리고 번호를 축으로 삼아 종이를 조금씩 움직였다.

"……이쯤이려나."

"퍼즐이 **맞춰졌어?**"

"네. 그럼 외곽선을 딸게요."

　구리하라는 가위로 종이를 잘라나갔다.

　그때 사사키는 보았다. 그림 세 장을 합침으로써 어렴풋이 드러나는 무시무시한 그림을. 콧노래를 부르며 종이를 자르는 구리하라에게 사사키는 머뭇머뭇 물었다.

"저기, 구리하라. 어떤 그림이 나올지 아는 거야?"

"네. 어제 해봤거든요."

"그럼…… 왜 그렇게 즐거운 표정인데?"

"즐거우니까요. 다 됐습니다."

완성된 '눈속임 그림'이 테이블 위에 놓였다.

'그림 세 장의 비밀', 유키가 남긴 그림의 수수께끼. 그것은…….

"믿기지 않네……. 이럴 수가……."

"이게 유키가 전하고 싶었던 '비밀'이겠죠."

여자의 복부에 쿠션이 겹쳐서 임신부로 보인다.

아기가 산타 복장을 한 진짜 이유를 깨닫자, 사사키는 등골이 오싹했다. 빨간색 삼각 모자는 임신부의 배를 절개한 자국을 표현한 게 아닐까. 그리고 빨간 옷은 온몸에 들러붙은 엄마의 피. **배를 가르고 아기를 꺼내는 장면을 그린 그림.**

할머니는 기도하는 게 아니다. 역아 상태인 아기의 다리를 붙잡고 아기를 엄마 배 속에서 끌어내는 중이다. 할머니가 입은 흰옷도 기도복이 아니라, 의료 종사자가 입는 유니폼이다.

그리고…… 여자의 몸에 눈길이 갔다. 너무나 창백한 피부.

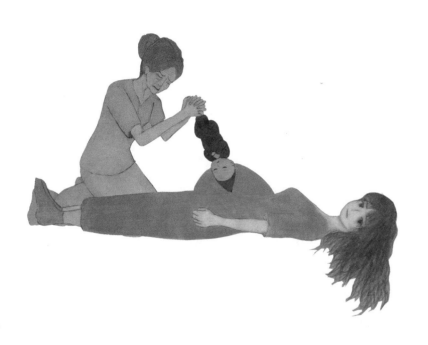

크게 벌어진 무표정한 눈. 그리고 부자연스러운 각도로 굳은 팔.

이건 시체를 표현한 게 아닐까.

"설마, 이 그림은……."

"네."

아기는 간신히 구했지만, 유키는 수술 도중 사망했습니다.

"블로그에 적힌 내용과 똑같아요. 수술로 출산한다, 다시 말해 제왕절개죠."

"배를 갈라서 아기를 끄집어낸다……. 그야말로 이 그림대로였다는 건가……."

실제로 일어난 일을 눈속임 그림으로 표현했다면, 눈살이 찌푸려지는 악취미에 지나지 않는다.

하지만 그게 아니다. 이 그림은 유키가 죽기 전에 그려졌다.

유키는 출산을 앞두고 **자기가 죽는 그림**을 몰래 그려둔 셈이다.

'미래 예상도', ……그 말이 사사키의 마음을 무겁게 짓눌렀다.

"유키는 자기가 죽으리라고 예상했던 건가……?"

"예지 능력자였을지도 모르겠네요."

"……뭐, 그렇게라도 생각해야 설명이 되겠지…….."

"아니면…… 자기가 살해당할 줄 알고 있었다……거나."

"……뭐라고?!"

"예를 들자면요. 유키에게 개인적인 원한이 있는 산부인과 직원이 분만 도중에 죽이려고 마음먹었다면……."

"에이……, 아무래도 그건……."

"어처구니없는 가설 같아요? 역아 상태인데도 무리하게 자연 분만을 권한 건 병원 측이에요."

만반의 준비를 하면 역아 상태라도 안전하게 출산할 수 있다길래 조금 안심했습니다.

"그 말에 따른 결과, 유키는 난산으로 고생하다 목숨을 잃었죠. 유키의 죽음은 병원 측에서 설계한 **계획 살인**이었다……고도 할 수 있어요."

"병원 측의 계획 살인……?!"

"어느 날, 유키는 그 계획을 알아차린 거예요. '나는 출산하다 죽을지도 모른다.' ……그런 심정을 렌에게 전하기 위해 이 그림을 그린 것 아닐까요?"

"……아니, 백번 양보해서 그렇다 쳐도, 유키는 왜 눈속임 그림으로 자기 마음을 표현한 거지? 렌에게 직접 상의하면 그 만이잖아."

"상의할 수 없는 사정이 있었는지도 모르죠."

당신이 저지른 죄가 얼마나 큰지, 나로서는 가늠도 안 됩니다.

"렌이 블로그에 쓴 글이 사실이라면, 유키는 예전에 무슨 죄를 저지른 거예요. 내용으로 추측건대 결코 가벼운 죄는 아니겠죠."

"……그럼 병원 측에서 유키를 죽이려 한 건…… 복수하려고?"

"그렇다면 렌에게 상의했다가는 자신이 과거에 저지른 죄가 들통나겠죠."

당신을 용서할 수는 없습니다. 그래도 당신을 사랑하겠습니다.

"'당신을 용서할 수는 없습니다'…… 유키의 죄는 렌과도 관계가 있다는 뜻이에요. 그래서 말할 수 없었던 거고요. 어쩌면 유키는 자신의 죄를 참회하고 죽음을 받아들이기로 했는지도 모르죠. 그리고 자기가 죽은 후, 렌이 진상을 알아주기를 바라는 마음으로 암호 같은 다잉 메시지를 남겼다······."

"그런······."

"······뭐, 이건 어디까지나 제 억측이에요. 너무 진지하게
받아들이지는 마세요."

"아니······, 너······."

"아무리 생각해봤자 진실은 알 수 없어요. 어차피 저희는
그들과 아무 상관도 없는 남이니까요."

***

동아리방을 나선 두 사람은 학교 근처에서 저녁을 먹고 각
자 집으로 돌아갔다. 헤어질 때 구리하라가 말했다.

"사사키 선배. 취업 준비하느라 바쁠 텐데 오늘 시간을 많
이 빼앗아서 죄송해요."

"아니야. 오랜만에 동아리 활동을 해서 재미있었어. 고맙
다."

"저야말로요. ······내일부터 또 바쁘시겠네요?"

"응. 내일은 채용 설명회를 두 군데나 다녀와야 해. 그거 끝
나면 강의도 들어야 하고."

"힘들겠네요······. 저는 그 블로그에 대해 이것저것 생각해

보려고요."

"그럼, 진상을 알아내면 알려주라."

"네, 꼭 그럴게요."

집으로 돌아가는 길에 사사키는 머릿속으로 구리하라의 추리를 정리했다.

- 과거에 유키는 무슨 죄를 저질렀다.

- 그 때문에 유키에게 원한을 품은 산부인과 직원이 무리하게 자연 분만을 권함으로써 간접적으로 유키를 살해하려고 했다.

- 유키는 그 꿍꿍이속을 알아차리고 다잉 메시지로 눈속임 그림을 그렸다.

- 그런 줄도 모르고 렌은 신나게 그림을 블로그에 올렸다.

- 그리고 유키는 출산 도중 목숨을 잃었다.

- 유키가 죽고 몇 년 후, 렌은 그림에 숨겨진 비밀을 눈치챘고 유키의 죽음에 얽힌 진상과 유키가 저지른 죄를 알게 되었다.

역시 너무 엉뚱하다 싶었다.

애당초 자기를 원망하는 사람이 일하는 병원에 통원하는

이유를 모르겠다. 살인 계획을 알아차렸다면, 경찰에 상담하면 된다. 아예 다른 병원에서 출산할 수도 있었을 것이다. 그런데도 유키는 왜 살아남으려고 하지 않은 걸까.

유키가 한 일은 오직 눈속임 그림을 그린 것뿐⋯⋯.

"눈속임 그림⋯⋯ 그리고 보니⋯⋯." 사사키는 중요한 사실이 생각났다.

아까 구리하라는 그림 세 장의 비밀을 해명했다.

하지만 그림은 전부 다섯 장. 따라서 두 장이 남았다. 그 두 장은 무엇 때문에 그린 걸까. 혹시 그 그림도 조합하면 눈속임 그림이 드러나는 게 아닐까.

사사키는 가방에서 구리하라가 프린터로 크기를 조정하여 출력한 ④ 어린이와 ⑤ 어른(남자) 그림을 꺼냈다. 그리고 번호가 똑같은 위치에 오도록 두 장을 겹쳤다. 그 순간, 충격이 찾아왔다.

"설마⋯⋯ 이건⋯⋯."

외곽선을 딸 필요도 없었다. 거리의 불빛 속에서 비쳐 보이는 종이 두 장이 그림 하나를 만들어냈다.

　손을 잡고 걷는 아버지와 아이의 그림.

　'이것은 두 번째 미래 예상도…….'

　유키는 자기가 없어진 후의 미래를 상상해서 그린 걸까. 대체 어떤 심정으로……?

　사사키는 당장 구리하라를 만나 그의 해석을 듣고 싶었다.

　몸을 돌려 왔던 길을 달려갔다. 아직 멀리 가지는 못했을 것이다.

　하지만 아무리 달려도 구리하라와 만나지는 못했다.

제2장

집을 뒤덮은
안개 그림

곤노 유타

곤노 유타의 아버지인 다케시는 3년 전 겨울에 죽었다.

당시 세 살이었던 유타는 그게 무슨 뜻인지 제대로 이해하지 못했다. 그래서 울거나 슬퍼하지는 않았다. 다만 평소 온화한 엄마가 까무러칠 듯 난리 치는 모습에서 심상치 않은 뭔가가 일어났음을 느꼈고, 몹시 불안하고 무서운 기분을 맛보았다.

유타는 곧 여섯 살이 된다. 아버지와 함께했던 얼마 안 되는 기억은 전부 안개에 뒤덮인 듯 희미하다. 하지만 선명한 기억이 딱 하나 있었다.

3년 전 여름…… 아버지가 죽기 몇 달 전이었다. 그날 유타는 아버지를 따라 성묘하러 갔다. 집에서 걸어서 10분쯤 거리에 있는 공동묘지였다. 땡볕이 내리쬐는 푸른 하늘 아래, 밀짚모자를 쓴 유타에게 아버지가 다정한 목소리로 뭐라고 말했다.

그게 무슨 말이었는지 아무리 생각해도 유타는 기억이 안 난다.

기억 속에서는 매미 소리만이 시끄럽게 울려 퍼진다.

곤노 나오미

곤노 나오미는 어두운 기분으로 저녁을 준비했다. 대파 껍질을 벗기고 식칼로 채 썬다. 그러는 동안에도 옆방에 신경을 집중한다. 거실은 조용하다. 토라진 유타는 아직 소파에 앉아 울상을 짓고 있을 것이다. 프라이팬을 가스 불에 올리고 기름을 둘렀다. 채 썬 대파를 프라이팬에 넣고 볶는다. 머릿속에서 다양한 생각이 서로 부딪혔다.

'아무래도 너무 야단쳤나 봐.'

'하지만 훈육할 때는 해야지.'

'좀 더 다르게 표현할 수도 있지 않았을까?'

'그래도 상냥한 말투로는 전해지지 않는 것도 있어.'

대파가 익으면서 향긋한 냄새가 풍겼다. 냉장고에서 저민 고기를 꺼내 프라이팬에 넣었다.

유타는 그림 그리기를 좋아한다. 어릴 적에는 지렁이같이 구불거리는 선만 신나게 그렸지만, 이제는 사람이나 동물, 탈 것 등 다양한 그림을 그린다. 요즘은 도구를 사용하는 법도 익혔다. 특히 마음에 들어 하는 도구는 '미술용 자'다.

직사각형 모양의 투명한 자에는 동그라미, 세모, 별 모양 등의 구멍이 뚫려 있다. 그 구멍을 따라 선을 그으면 어린아이도 깔끔하게 도형을 그릴 수 있다. 그게 정말 재미있는 모양이다. 그 자체는 전혀 상관없다. 도화지에는 얼마든지 그려도 된다.

하지만 왜 방바닥에……? 하필이면 유성펜으로……? 더구나 이번이 처음도 아니다. 요전에는 화장실 벽에, 그전에는 기둥에……. 세제를 묻혀 빡빡 닦았지만 자국이 조금 옅어졌을 뿐, 완전히 지워지지는 않았다.

'어린아이의 호기심은 무한대입니다. 낙서는 소중한 자기 표현 방법 가운데 하나고요. 야단치면 안 돼요'라고 예전에 읽은 육아서에 적혀 있었다. 저자는 자기 소유의 단독주택에 산다는 모양이다.

"월셋집에 살아도 그딴 소리를 할 수 있겠어?"……나오미는 속으로 분통을 터뜨렸다.

저민 고기가 익은 걸 확인한 후 연두부를 손 위에서 작게 잘라 프라이팬에 넣었다. '슈와와악' 하면서 요란한 소리가 났다. 마지막으로 마파두부 박스를 열어 레토르트 팩에 담긴 소스를 부었다. 나오미는 매운 음식을 좋아한다. 젊었을 때는 단맛이 강조된 음식을 먹으면 입맛을 버린다고 여겼지만 아이가 태어난 후로는 달착지근한 소스도 나름대로 맛있다는 걸 알았다. 마파두부가 보글보글 끓을 무렵, 전기밥솥에서 멜

로디가 흘러나왔다.

나오미는 "후우" 하고 숨을 내쉰 후, 기분이 표정에 드러나지 않게 입꼬리를 한껏 끌어올리고 거실로 향했다.

"유타, 밥 먹자."

소파에 앉아 있던 유타가 나오미에게 탐색하는 듯한 시선을 던졌다. 엄마의 기분이 좋아졌는지, 아니면 아직 화가 안 풀렸는지 표정으로 알아내려는 것이다.

'나도 어렸을 적에 부모님한테 야단맞으면 저런 표정을 지었으려나.'

나오미는 평소보다 상냥한 목소리로 "엄마, 화 다 풀렸어. 자, 같이 밥 먹자" 하고 웃으며 말했다.

"……응. 먹을게."

유타의 얼굴에서 긴장감이 조금씩 사라졌다.

***

밥을 먹고, 유타를 씻기고, 유타를 재우고, 설거지하고, 빨래를 갠 후에야 나오미는 겨우 한숨 돌렸다 싶었는데 어느덧 11시였다. 거실 소파에 몸을 묻자 온종일 쌓인 피로가 단숨에 밀려왔다. 이제는 젊지 않다. 앞으로도 혼자서 저 아이를 키울 수 있을까. 얼마 안 되는 파트타임 시급과 아동부양수당

(*한부모 가정의 생활 안정을 위해 지급하는 수당)으로는 저금도 제대로 못 한다. 지금 사는 맨션은 도심치고는 집세가 싼 편이지만, 그래도 다달이 나가는 집세는 큰 지출이다.

진학, 수험, 취직……. 인생의 분기점이 차례차례 다가올 때마다 만족스럽게 돈을 내어줄 수 있을까. 유타를 지켜줄 수 있을까.

마치 결승선이 없는 마라톤을 뛰고 있는 것 같다.

덧붙여 두려운 건 미래만이 아니다. 요즘 나오미에게는 커다란 걱정거리가 있다.

'스토커가 있다.' ……이틀 전 밤에 처음으로 그런 느낌이 들었다. 일을 마친 후, 어린이집에서 유타를 데리고 집에 가는 길에 갑자기 뒤쪽에서 시선이 느껴졌다. 돌아보았지만 아무도 없었다. 기분 탓인가 싶었다.

하지만 다음 날도 꺼림칙한 기척이 집으로 돌아가는 나오미와 유타를 쫓아왔다.

그리고 오늘 귀갓길에 드디어 의혹이 확신으로 바뀌었다. 유타와 함께 집 근처 편의점에서 물건을 사고 밖으로 나오자, 가게 앞에 경차가 서 있었다. 이 근처에서는 별로 못 보던 차종이라 조금 의아했다.

두 사람이 걸음을 옮기자 쫓아오듯 경차도 천천히 출발했다. 긴장감이 감돌았다. 뒤편의 차는 두 사람과 일정한 거리를 유지하며 느릿느릿 주행했다. 분명 이상하다. 뛰어서 달아나야 할까. 멈춰 서야 할까. 돌아봐야 할까. 전부 위험할 듯해서 유타의 손을 꼭 잡은 채 계속 걸었다.

조금 걷자 두 사람이 살고 있는 맨션이 보였다.

"유타, 서두르자."

나오미는 유타의 손을 잡아끌며 걸음을 빨리했다. 도망치듯 맨션 입구로 들어섰다. 두 사람이 안으로 들어간 직후, 경차는 갑자기 속력을 높여 달려갔다. 역시 두 사람을 따라온 것이다.

"다케시가 있었다면……."

나오미는 방구석에 있는 작은 불단을 바라보며 중얼거렸다. 헛된 공상이지만 매일 밤 그런 생각을 한다. 유타의 아버지인 다케시는 이제 사진틀 속에서만 미소 지을 뿐이다.

무거운 몸을 일으킨 나오미는 불단에 올린 마파두부 접시를 들고 부엌으로 가서 랩을 씌워 냉장고에 넣었다. 이건 나오미의 내일 아침 식사다. 거실로 돌아가 사진틀에 두 손을 마주 모은 후, 드디어 침실로 들어갔다.

유타는 이미 푹 잠들었다. 울다 지친 탓도 있으리라. 요즘 유타의 얼굴이 점점 다케시를 닮아가고 있다. 다케시처럼 자라주길 바란다고, 나오미는 조용히 기도하고 이부자리에 누웠다.

***

"이봐요. 나, 이 슈퍼 단골이에요. 그런데 이렇게 불친절하게 대응하면 또 오고 싶겠어요?"

물건을 담아주는 순서가 마음에 안 들었는지 나이든 여자 손님은 5분 가까이 나오미를 들볶았다.

"당신, 고객 서비스를 처음부터 다시 공부해야겠네. 이름표 보여줘요. '곤노' 씨라. 나중에 슈퍼에 정식으로 불만을 제기하겠어요. 기분 다 잡쳤네!"

할 말을 다 했는지 씩씩거리며 걸어가는 손님의 뒷모습이 사라질 때까지 나오미는 고개를 숙이고 있었다. 계산대의 시계를 보자 이미 오후 6시가 지났다.

타임카드를 찍은 후 서둘러 옷을 갈아입고 종종걸음으로 슈퍼를 나섰다. 유타가 다니는 어린이집은 저녁 7시까지 아이를 맡아준다. 그래도 6시가 지나면 아이들은 대부분 집에 돌아간다. 늦게 데리러 가면 아이는 어린이집에서 선생님과 단둘이 부모를 기다려야 한다. 그 쓸쓸한 광경을 나오미는 여러 번 보았다. 안 그래도 한부모 가정인데, 유타에게 더는 고

독을 안겨주기 싫다는 일념으로 달렸다.

나오미는 6시 15분이 되기 조금 전에 어린이집에 도착했다.

정문을 통과해 놀이터로 들어가자 "아! 유타 엄마다!" 하고 귀여운 목소리가 들렸다. 머리를 땋아 내린 여자아이와 수염을 기른 덩치 큰 남자가 앞에서 걸어왔다. 유타와 같은 반인 요네자와 미우와 미우의 아버지였다. 미우는 반에서도 특히 유타와 친하게 지낸다고 들었다. 나오미는 자세를 조금 낮추고 "안녕, 미우" 하고 웃으며 인사했다. 그다음 시선을 들어 미우 아버지와도 인사를 나누었다.

"요네자와 씨, 고생 많으시네요."

"곤노 씨도 고생 많으십니다! 둘 다 매일 바쁘네요, 바빠."

"네, 정말로요."

"맞다. 다음 달에 저희 집 마당에서 고기를 구워 먹을 건데, 괜찮으시면 유타랑 놀러 오세요! '요네자와 소'를 다 못 먹을 만큼 준비할게요!"

"……네?"

"어, 그게, '요네자와 소'라고 특산품 소가 있잖습니까. 저희 성씨도 '요네자와'니까…… 그, 요네자와네에서 산 소고기, 생략해서 요네자와 소를 실컷 대접하겠다는 의미로……."

"아빠, 하나도 재미없어."

옆에서 미우가 불만스럽게 말했다. 그 절묘한 응수에 나오미는 무심코 웃음을 터뜨렸다.

"이야, 또 재미가 없었니? 우리 미우는 기준이 참 높다니까."

요네자와는 쑥스럽게 웃더니 딸과 손을 잡고 즐겁게 정문을 나섰다. 나오미는 두 사람의 뒷모습을 흐뭇한 기분으로 바라보았다.

요네자와의 아내는 현재 말기 암으로 입원 중이라고 들었다. 이번 달 말에는 퇴원해서 재택 돌봄을 받기로 했다고 한다. 집마다 다양한 사정이 있는 법이다.

'다들 괴로워도 밝게 살고 있어. 나도 힘내야지.' ……나오미는 조금이나마 좋은 기운을 받은 기분이었다.

교실로 가자 유타와 젊은 담임 보육사 하루오카 미호가 직소 퍼즐을 맞추며 놀고 있었다. 오늘도 마지막까지 유타 혼자 남은 모양이다.

"유타, 늦어서 미안해!" 하고 나오미가 부르자 유타는 나오미를 힐끗 보더니 퍼즐로 눈을 돌렸다.

"엄마, 조금만 기다려. 아직 퍼즐 맞추는 중이라서."

어린 목소리에 어울리지 않게 퉁명스러운 말투다. 4살 반까지는 데리러 오면 "엄마!" 하고 부리나케 뛰어왔다. 요즘은 밖에서 엄마 껌딱지 모습을 보이면 창피하다는 감각이 싹트기 시작한 듯하다. 나오미 입장에서는 조금 서운하지만, 남자아이는 그 정도가 딱 좋은지도 모른다.

보육사 하루오카가 퍼즐과 눈싸움을 하는 유타에게 말했다.

"저기, 유타 군. 선생님이 엄마랑 할 이야기가 있는데, 잠깐만 혼자 기다릴 수 있을까?"

나오미는 가슴이 철렁했다. 무슨 일이라도 있었던 걸까.

유타는 불만스러운 표정을 지었지만 하루오카가 "선생님이랑 엄마가 돌아오면 완성한 퍼즐 보여줘! 기대된다!" 하고 바람을 넣자 대번에 의욕이 생긴 듯했다.

하루오카가 나오미를 직원실로 안내했다.

"피곤하실 텐데 죄송해요. 자, 이쪽에 앉으세요."

"감사합니다. 실례하겠습니다."

나오미가 접이식 의자에 앉자, 하루오카도 같은 의자를 들고 와서 옆에 앉았다.

"유타 군 말인데요. 요즘 집에서 달라진 점은 없나요?"

"달라진 점……이라니요……?"

"예를 들어…… 무서운 텔레비전 방송에 푹 빠졌다든가……."

"무서운 텔레비전 방송……? 아니요……, 그런 방송은 딱히 보여주지 않는데요……. 저, 유타에게 무슨 일이 있었나요?"

"네……. 잠깐만 기다리세요."

하루오카는 직원용 책상에서 두꺼운 파일을 들고 돌아왔다. 파일은 그림으로 가득했다. 아이들이 크레파스로 그린 그림이었다.

"오늘 오후 수업 시간에 그림 그리기를 했거든요. 곧 어머니 날이잖아요. 그래서 선물로 드릴 '엄마 그림'을 그려보라고 했어요. 그런데……. 어, 이게 유타 군이 그린 그림인데요……."

건네받은 도화지를 보고 나오미는 흠칫 놀랐다.

今野ゆう太 곤노
유타

　오른쪽 가장자리의 두 사람은 유타와 나오미이리라. 한복판의 건물은 두 사람이 사는 맨션이다. 층수, 집의 숫자, 입구가 있는 곳까지 아주 정확하게 그렸다. 사람과 비교해 너무 작은 맨션은 어린아이의 솜씨니까 그렇다 치고, 기묘한 건 맨션 윗부분이다.

　제일 위층의 한가운데 집을 회색 크레파스로 떡칠해놓았다.

　거기는 나오미와 유타가 사는 집이다.

　"하루오카 선생님⋯⋯. 이 회색은⋯⋯ 유타가⋯⋯ 직접⋯⋯?"

유타는 그림 그리는 걸 좋아한다. 마음에 들게 그리면 드러누워서 만족스럽게 그림을 들여다보기도 한다. 나오미는 귀여워하는 마음을 담아 그걸 '자화자찬 시간'이라고 부른다. 그런 유타가 자기 그림에 이런 짓을 할 리 없다. 혹시 옆자리 아이가 장난친 건 아닐까……. 같은 반 아이를 의심하고 싶지는 않지만, 아무래도 그런 생각이 들었다. 나오미의 기분을 알아차린 듯 하루오카가 입을 열었다.

"확실히 그림 그리기나 만들기 시간에 친구한테 장난을 치는 아이가 있기는 해요. 나쁜 뜻은 없겠지만, 당한 쪽은 속상하겠죠. 그래서 그런 일이 생기지 않도록 다들 자기 작품에 집중하는지 주의 깊게 살펴봅니다. 장담컨대 오늘 유타 군의 그림에 장난을 친 아이는 없었어요."

"그런가요……."

"다만…… 이건 제가 부족한 탓인데요. 아이들이 각자 어떤 순서로 그림을 그리는지까지는 제대로 파악하지 못해서……. 유타 군의 그림이 이상하다는 건 그림이 완성되고 나서야 알아차렸어요. 그래서 유타 군이 어떤 경위로 여기에 회색을 칠했는지는 모르겠네요. 죄송합니다."

"아니요, 사과하실 것까지야. 혼자 많은 아이를 담당하시니까 그런 것까지 파악하기는 힘들죠."

"……말씀 감사합니다……."

"······그나저나 유타는 왜 이런 걸까요?"

"실은 아까 유타 군한테 물어봤어요. 그랬더니 말하기 싫다고 하더군요."

"말하기 싫다고요······?"

"유타 군은 그림 그리기를 아주 좋아해서, 평소에는 자기가 그린 그림에 대해 신나게 설명해주거든요. 오늘은 왜 그러나 몹시 걱정되더라고요. 덧붙여 이 건물은······ 사시는 곳이죠?"

"네. ······회색으로 칠한 부분이······ 저희 집이에요."

"역시······. 집에 뭔가 무서운 거라도 있나 싶었는데······."

그 말을 듣자 둔한 통증이 나오미의 가슴을 스치고 지나갔다. 어젯밤 일이 떠올랐다.

"······선생님, 실은 어제······."

나오미는 유타가 방바닥에 낙서해서 따끔하게 야단쳤다고 설명했다. 사실만 전하려고 했지만, 이야기하는 도중에 점점 감정이 격해져서 어느 순간부터는 자신을 탓하는 말만 꺼내 놓았다. 이야기를 마치자 하루오카는 나오미의 눈을 보며 상냥하게 말했다.

"······그러셨군요. 하지만 그 후에 화해는 하셨죠?"

"네······."

"유타 군도 왜 야단맞았는지 제대로 이해했고요?"

"그건…… 네. 야단칠 때는 반드시 이유를 알려주거든요."

"그럼 그게 원인은 아닐 거예요. 여기……."

하루오카가 도화지에 그려진 '엄마' 그림을 가리켰다.

"엄마 얼굴을 아주 예쁘게 그렸잖아요. 야단맞은 걸 마음에 담아두었다면 이렇게는 안 그리겠죠."

"그럴까요?"

"네. 그러니 그 점은 걱정 안 하셔도 될 거예요. 상황을 좀 더 지켜보죠. 오늘만 무슨 변덕을 부렸을지도 모르니까요."

"감사합니다……. 그렇게 말씀해주시니 한결 마음이 편하네요."

"……아, 무슨 전문가라도 된 것처럼 말씀드려서 죄송해요! 아참, 잠깐만요."

하루오카는 유타의 그림을 들고 일어나서 복합기로 그림을 복사했다.

"이 그림은 어머니 날 선물이니까 어머니 날까지 어린이집에서 보관할 예정이에요. 하지만 역시 마음에 걸리실 테니 복사한 걸 드릴게요."

"감사합니다. 이렇게 신경을 써주시다니……."

"아니요, 아니요……. 그리고 오늘 이 그림을 보여드린 건 유타 군에게 비밀로 해주세요. 깜짝 선물이니까요."

"아, 그렇죠. 깜짝 선물이라…… 후후…… 놀라는 연습을
해둬야겠네요."

나오미는 건네받은 복사용지 속 그림을 찬찬히 살펴보았
다. 그러다 어떤 사실을 알아차렸다.

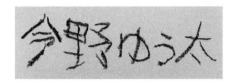

"이 글씨, 유타가 쓴 건가요?"

"그런데요."

"어느 틈에 한자를……."

"실은 지난주에 다 함께 자기 이름을 한자로 쓰는 연습을
했거든요. 내년에는 초등학교에 입학하니까 슬슬 한자 공부
에 대비하자는 이야기가 나와서요."

"그랬군요……!"

"유타 군이 참 빨리 외워서 깜짝 놀랐어요. 아무래도 획수
가 많은 '유(優)'는 아직 어렵겠지만, 그 외의 한자는 밑그림이
없어도 곧잘 쓰더라고요."

"……대단해……."

유타는 점점 성장한다. 기쁘기도 하고, 아주 약간 쓸쓸하기
도 했다.

두 사람이 놀이방으로 돌아가자, 이미 퍼즐을 다 맞춘 유타가 자랑스러운 얼굴로 기다리고 있었다. 하루오카와 나오미는 과하다 싶을 만큼 유타를 칭찬했다. 유타는 부끄러우면서도 기쁜지 수줍게 웃었다. 평소와 다른 점은 없다……. 나오미는 약간 안심했다.

＊＊＊

어린이집을 나서자 하늘은 저녁놀로 붉게 물들어 있었다.

"배고파." 유타가 중얼거렸다. 나오미도 허기가 졌다. 하지만 오늘은 집안일을 할 기력이 남아 있지 않았다.

"유타, 밖에서 먹고 갈까?"

두 사람은 패밀리 레스토랑에 들러 저녁을 먹기로 했다. 밥을 먹고 가게를 나서자 주변이 컴컴했다. 두 사람은 손을 잡고 걸음을 옮겼다.

큰길을 빠져나와 골목으로 들어가자 저 멀리 맨션이 보였다. 나오미는 무의식중에 몸이 뻣뻣하게 굳었다. 어제 두 사람을 따라왔던 경차가 생각났다.

'……괜찮을 거야. 설마, 나흘 연속으로…….'

그때 두 사람 뒤쪽, 꽤 멀리 떨어진 곳에서 희미한 엔진 소리가 들렸다. 나지막하고 으스스한 그 소리가 뒤쪽에서 천천히 다가온다. 나오미는 곧장 집에 돌아가지 않은 걸 후회했다. 이렇게 어두운 곳에서는 무슨 일이 생겨도 눈치챌 사람이 없다.

"엄마, 뒤에서 차가 와."

"알아. 돌아보면 안 돼."

"왜?"

"안 된다면 안 돼."

지면에 스치는 타이어 소리가 바로 뒤에서 들렸다. 전조등이 두 사람을 비췄다. 크고 작은 그림자가 지면에 드리웠다.

"엄마."

"유타, 뛰어."

나오미는 유타의 손을 움켜쥐고 달음질쳤다.

그러자 차도 속력을 높였다.

'왜⋯⋯? 누가⋯⋯ 무엇 때문에⋯⋯?'

무섭고 불안해서 눈물이 날 것 같았다. 한시라도 빨리 집에 들어가서 문을 잠그고 싶다. 안전한 곳에서 마음을 진정시키고 싶다.

맨션 입구가 보였다.

"유타, 넘어지지 않게 조심해."

입구의 턱을 뛰어올라 유리문을 밀어서 열고 현관 홀로 뛰어들었다.

세상이 밝아졌다. 형광등이 이렇게 고마운 적은 처음이었다. 설마하니 여기까지 들어오지는 않으리라. 나오미는 떨리는 다리에 힘을 주고, 호흡을 가다듬으며 엘리베이터의 '▲' 버튼을 눌렀다. '6'이라는 숫자가 빛났다. 엘리베이터가 6층에 있다면 1층으로 내려오기까지 10초 가까이 걸린다.

조심조심 입구를 돌아보았다. 이상하다는 걸 깨달았다. 유리문 바깥이 희미하게 밝다. 자동차 전조등 불빛이다. 맨션 앞에 차를 댄 것이다. 그때 밖에서 '덜컥' 소리가 어렴풋이 들렸다. 자동차 문을 여는 소리다. 설마 내리려는 건가?

엘리베이터는 이제 4층을 지났다. 관리인실로 도망칠까 싶기도 했지만, 비상주 관리인이라 이 시간에는 아무도 없다는 게 생각났다. 도망칠 곳은 없다.

"유타, 이쪽으로 안 갈래?"

나오미는 엘리베이터 옆에 있는 '계단'이라고 적힌 문을 가리켰다. 유타는 심통 난 표정으로 "에이, 6층까지 걸어가려면 힘든데" 하고 항의했다. 확실히 나오미도 떨리는 다리로 계단을 뛰어오를 자신은 없었다.

유리문을 다시 확인했다. 그러고 보니 시간이 좀 흘렀는데 자동차 문을 닫는 소리가 들리지 않았다. 그렇다면 문을 연

채 이쪽을 살펴보고 있는 걸까……? 기분 나빴지만 지금 당장 덮치지는 않을 듯했다.

몇 초 후, 엘리베이터가 도착했다. 유타를 데리고 엘리베이터로 뛰어들어 얼른 6층 버튼을 눌렀다. 문이 느릿느릿 닫히기 시작했다.

'빨리……, 빨리!'

그때였다.

반쯤 닫힌 문 틈새로 나오미는 똑똑히 보았다. 유리문 밖에 서 있는 사람을.

회색 코트를 입었다. 후드를 덮어써서 얼굴을 감췄지만, 체격으로 보건대 남자가 분명했다.

'……누구지……?'

6층에 도착했다. 몇 걸음만 더 가면 집이라고 생각하니 서서히 긴장이 풀렸다. 복도를 걸으며 유타에게 말을 걸었다.

"유타, 갑자기 막 뛰어서 미안해. 땀 났지? 집에 가면 바로 씻자."

"그 전에 유튜브 보고 싶어."

"응? 씻고 나서 보면……."

그렇게 말하는데 갑자기 뒤쪽에서 찜찜한 기척이 느껴졌다. 기척……이라기보다, 그것은 '소리'였다.

"엄마……, 왜 그래?"

"미안, 유타. 잠깐만 조용히 하렴."

귀를 기울였다. '**허억…… 허억……**' 거칠어진 호흡을 애써 억누르는 듯한…… 나지막한 남자의 숨소리. 그 소리는 엘리베이터 옆의 '계단'이라고 적힌 문 너머에서 들렸다. 나오미는 심장이 미친 듯이 뛰었다.

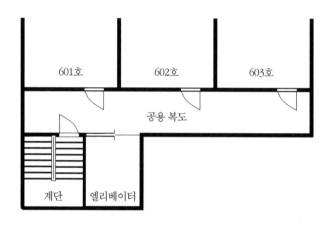

'설마…… 계단으로 쫓아온 건가……?'

나오미와 유타가 엘리베이터를 탄 후, 코트 차림의 남자가 계단을 뛰어올라 6층에 잠복했다는 건가……. 하지만 집이 6층이라는 걸 어떻게 알았을까……. 그때 나오미는 퍼뜩 깨달았다. 아까 유타가 했던 말…….

"**에이, 6층까지 걸어가려면 힘든데.**"

……들은 건가……? 밖에서…….

어떻게 해야 할까. 엘리베이터를 타고 1층으로 내려가서 밖으로 도망칠까……. 그러려면 **저 문** 쪽으로 다가가야 한다. 그건…… 싫다. 누가 뭐래도 몸이 거부했다. 집은 코앞이다. 집으로 도망치는 수밖에 없다.

가방에서 열쇠를 꺼냈다. 손이 떨렸다. 몇 초 지나서야 겨우 열쇠 구멍에 열쇠를 꽂았다. 그때 계단 쪽에서 끼익, 하고 소리가 났다. 무거운 문을 천천히 여는 소리.

'온다……!'

나오미는 모든 신경을 손끝에 집중해 열쇠를 돌렸다. 문고리를 잡고 문을 힘껏 열었다. 일단 유타를 먼저 들여보내고 나오미도 문틈으로 몸을 밀어 넣었다. 서둘러 문을 닫고 여전히 떨리는 손으로 자물쇠를 잠근 후, 체인을 걸었다. 외시경으로 밖을 내다보았지만 남자의 모습은 보이지 않았다. 그 후로도 잠시 상황을 살폈는데 남자는 오지 않았다.

"휴우……."

나오미는 온몸에서 힘이 쭉 빠져나간 것처럼 털썩 무릎을 꿇었다.

"엄마…… 괜찮아……?"

"응……. 이제 괜찮아……, 아마도."

냉정함이 차츰 돌아오자 가슴속에서 위화감이 부풀어 올랐다. 남자는 무엇 때문에 숨어서 기다린 걸까⋯⋯? 나오미와 유타가 엘리베이터에서 내려서 집에 들어가기까지 시간이 좀 걸렸으니 그사이에 덮칠 수도 있었을 것이다. 하지만 남자는 계속 문 너머에 숨어 있었다.

갑자기 아까 들었던 '끼익' 하는 소리가 떠올랐다. 왜 그 타이밍에 문을 열었을까⋯⋯?

"⋯⋯그렇구나."

나오미는 자신이 중대한 실수를 저질렀음을 깨달았다.

남자는 두 사람이 어느 집으로 들어가는지 확인한 것이다.

"집을⋯⋯ 들켰어⋯⋯."

그날 밤 나오미는 새벽녘까지 잠을 이루지 못했다. 거실 소파에 앉아 내내 현관만 지켜보았다. 웬 남자가 쇠지레로 문을 뜯고 들어와서 식칼을 들이댄다⋯⋯. 그런 상상이 머릿속을 떠날 줄 몰랐다.

경찰에 신고해야 할까. 하지만 아직 구체적인 피해를 입은 건 아니다. 사건으로 다루어줄 리 없다.

그리고 무엇보다 나오미는 한 가지 사정 때문에 경찰과는 상담하고 싶지 않았다.

"아⋯⋯ 여러 가지로 골치가 아프네. 어쩌면 좋지⋯⋯?"

나오미는 힘없이 고개를 숙였다. 문득 탁자 위에 놓아두었

던 종이가 눈에 들어왔다. 하루오카가 복사해준 유타의 그림
이다.

"집에 뭔가 무서운 거라도 있나 싶었는데……."

유타도 남자의 존재를 어디선가 감지했는지 모른다. 그 스
트레스가 이 그림에 나타난 것 아닐까. 그렇다면 유타를 위해
서도 지금 같은 상태가 계속되는 건 좋지 않다. 빨리 어떻게
든 해야…….
'다케시…… 우리를 지켜줘…….'
나오미는 매달리는 마음으로 다케시의 불단을 바라보았다.

오전 4시가 지나자 하늘이 점점 희붐하게 밝아졌다. 두 시

간 후에는 평소와 다름없이 바쁜 하루가 시작된다.

'잠깐이라도 눈을 붙여야지…….'

나오미는 납덩이같이 무거운 몸을 끌며 침실로 들어갔다. 유타가 걷어찬 이불을 덮어주고 옆쪽 이부자리에 쓰러지다시피 누웠다. 알람을 6시로 맞추고 눈을 감은 지 얼마 되지 않아 의식이 흐려졌다.

***

눈을 뜬 순간 불길한 예감이 들었다. 창문으로 비쳐드는 아침 햇살이 평소보다 밝다. 시계를 보자 7시 반이 지났다.

"야단났네……."

나오미는 이부자리에서 튀어나왔다. 평소 같으면 집을 나설 시간이다.

"유타, 일어나! 늦잠 잤어!"

옆쪽 이부자리를 본 순간, 오싹했다.

유타가 없다.

"……화장실 ……갔겠지."

나오미는 스스로를 안심시키듯 중얼거리고 화장실로 향했

다. 하지만 유타는 없었다. 거실에도, 부엌에도, 베란다에도, 옷장에도…… 어디에도 없다.

심장이 입에서 튀어나올 것만 같았다.

'설마…… 밖에? 그럴 리는……. 혼자 밖에 나간 적은…… 지금까지 한 번도…….'

슬리퍼를 신고 문을 열려다가 알아차렸다. 자물쇠가 잠겨 있지 않다. 체인도 끌러졌다. 아래를 보자…… 유타의 신발이 없었다.

나오미의 입에서 비명이 터져 나왔다.

하루오카 미호

"……네, ……네. 이쪽에서도 할 수 있는 일이 있으면 뭐든 지 협력할 테니, 언제든지 연락 주세요. 무사하길 바랄게요. ……아니요, ……괜찮습니다. ……네, ……그럼, 실례할게 요."

하루오카 미호는 수화기를 내려놓았다.

"하루오카 선생, 무슨 일 있어?"

옆에서 노련미 넘치는 동료 보육사 이소자키가 물었다.

"실은……."

***

　몇 분 전이었다. 여느 때와 다름없이 출근해서 아침부터 해야 하는 잡다한 일들을 바쁘게 처리하는데 직원실의 전화가 울렸다. 곤노 유타의 보호자, 나오미였다.

　"곤노예요! 바쁘실 텐데 죄송해요! 유타……, 곤노 유타가 그, 그쪽으로 가지 않았나요?"

　통화 목소리만으로도 나오미가 혼란에 빠졌음을 알 수 있었다. 하루오카는 보육사 학교에서 배운 대처법을 실행했다.

　"곤노 씨? 괜찮으세요? 일단 진정하시고, 심호흡을 해보세요. ……들이마시고 ……내쉬고 ……들이마시고 ……내쉬고 ……이제 무슨 일이 생긴 건지 자세히 말씀해주시겠어요?"

　나오미는 감정을 주체하지 못하면서도 순서대로 차근차근 유타가 없어졌다는 사실을 알렸다.

　"걱정이 크시겠군요……. 유타 군은 어린이집으로는 안 왔어요."

　"역시……. 정말이지 어디로 간 거람……."

　"경찰에는 신고하셨어요?"

　"경찰……."

어째선지 나오미는 말을 머뭇거렸다.

"아니요……. 이제 하려고요. ……저기, 그러니까 오늘 어린이집은 쉬는 걸로 할게요. 유타를 찾으면 바로 연락드리겠습니다. 걱정 끼쳐서 죄송해요!"

나오미는 황급히 전화를 끊었다.

***

"그랬구나……. 걱정되겠다. 무슨 일 있으면 말해줘! 그럼 난 갈게!"

하루오카가 이야기를 마치자 이소자키는 짤막하게 한마디를 하고는 부랴부랴 직원실을 나섰다. 남이 보면 쌀쌀맞다고 생각할지도 모르지만 그렇지 않다는 걸 하루오카는 잘 안다.

이소자키가 담당하는 '유아반'은 0세에서 2세로 구성된 이른바 '아기반'이다. 단 몇 초의 방심이 아이의 목숨에 직결될 수도 있다. 다른 반 아이의 일에 극진히 신경 쓸 여유는 당연히 없다.

혼자 남은 직원실에서 하루오카는 유타를 생각했다. 유타를 맡은 지 곧 2년이 된다. 설령 몇 년 후에 떠나가더라도 자신이 맡은 아이에게는 역시 친자식처럼 애착이 생긴다. 실은 지금 당장 밖을 뛰어다니면서 유타를 찾고 싶은 심정이었다.

하지만 곧 다른 아이들이 등원한다. 프로답게 맡은 소임을 다해야 한다.

하루오카는 일어서서 교실로 향했다.

하루오카가 담임인 '상급반'에 소속된 아이는 현재 스물두 명이다. 오늘은 유타가 없으니 스물한 명이다. 모든 원생이 다섯 살 이상인 상급반은 이소자키가 맡은 '아기반'에 비하면 훨씬 손이 덜 간다. 하지만 아이들의 자아가 강해지는 시기로, 어른 못지않게 약은 모습을 보이거나 못된 꾀를 부리는 아이도 생긴다. 그저 '착한 선생님'이어서는 감당이 안 된다. 천사의 얼굴과 악마의 얼굴을 경극 가면처럼 바쁘게 바꿔 쓸 필요가 있다.

"자, 모두 조용히! 이름을 부를 테니까, 불린 사람은 대답하렴."

개구쟁이 남자애 몇 명이 하루오카의 말을 일부러 무시하고 계속 떠들었다.

'악마가 나올 차례인가…….'

그렇게 생각한 순간, 그 목소리를 지워버릴 만큼 커다란 소리가 교실에 울려 퍼졌다.

"선생님! 왜 유타는 없어요?!"

요네자와 미우다. 미우는 유타와 짝꿍이기도 해서인지 평소 유타에게 많은 관심을 보인다. 유타는 그 간섭 아닌 간섭을 가끔 귀찮아하기도 하지만, 그렇다고 싫어하지는 않고 사이좋게 지낸다.

"음, 유타 군은…… 오늘 집에 볼일이 있어서 쉰단다."

"어? 어제 유타는 그런 말 안 했는데. 내일 오면 물어봐야지!"

아차 싶었다. 섣불리 거짓말을 해서는 안 됐다. 하지만 '사라졌다'는 사실을 알려서 아이들을 동요시키는 것도 좋지 않다. 이럴 때는 뭐라고 하면 좋을까…….

곤노 나오미

하루오카와 통화한 덕분에 나오미는 마음이 조금 진정되었다. 그제야 자신이 아직 잠옷 차림임을 깨달았다. 서둘러 옷을 갈아입고 1층 관리인실로 향했다.

뚱뚱한 50대 관리인은 안내창구 안쪽에서 졸린 표정으로 컴퓨터 키보드를 두드리고 있었다.

"저어, 말씀 좀 여쭐게요. 602호에 사는 곤노라고 하는데요. 오늘 아침에 우리 아이가 혼자 어디 나간 것 같아서…….
방범 카메라 영상을 확인할 수 없을까요?"

관리인은 나오미의 얼굴을 힐끔 보더니 귀찮은 투로 말했다.

"상관은 없는데…… 우리 맨션은 관리비가 싸서 출입구 외에는 방범 카메라가 없어요. 그래도 괜찮겠습니까?"

"네! 물론 괜찮고 말고요."

"……알겠습니다. 잠깐 기다리세요."

관리인은 컴퓨터 키보드를 따각따각 두드렸다.

"어디 보자, 아이가 몇 시쯤 없어졌는데요?"

"아침 7시 반보다 이전이라는 건 확실하지만, 정확한 시간은 몰라요."

"7시 반이 되기 전이라. ……응? 혹시 애 맞아요?"

나오미는 안내창구 밖에서 모니터 화면을 들여다보았다.
화면에는 혼자 밖으로 뛰어나가는 유타의 모습이 비쳤다.

"맞아요! 애예요!"

나오미는 일단 가슴을 쓸어내렸다.

유타는 혼자 나갔다……. 그렇다면 어젯밤의 그 남자와는
무관하다.

"바쁘실 텐데, 도와주셔서 감사합니다."

"뭐, 그렇게 바쁘지는 않지만요. ……그렇군요. 이렇게 어

린 아이였군요. 그야 걱정되실 만도 하죠. 경찰에 신고할까
요?"

"아니요⋯⋯, 괜찮습니다."

하루오카 미호

어린이집의 오전 시간은 평소처럼 바쁘게 지나갔다.

점심 급식을 먹고 나면 아이들의 낮잠 시간이다. 낮잠 시간
당번을 제외한 보육사들은 거의 모두 직원실로 돌아온다. 차
분하게 자기 일을 할 수 있는 얼마 안 되는 시간이기 때문이다.

하루오카도 책상에 앉아 사무작업을 시작했지만 아무래도
집중이 안 되었다. 유타가 걱정되었다. 아침부터 열심히 아이
들을 돌보느라 다소나마 정신을 다른 데 돌릴 수 있었다는 걸
깨달았다. 그 후로 나오미의 전화는 없다. 아직 못 찾은 모양
이다.

문득 어제 유타가 그린 그림이 떠올랐다.

파일에서 유타의 그림을 꺼내서 바라보았다. 회색으로 떡
칠한 맨션의 한 집. 이 그림과 오늘 아침의 실종. 뭔가 관계가
있지 않을까.

'자기가 사는 집에 색깔을 마구 칠한다.' ⋯⋯대체 어떤 심

리일까.

하루오카는 보육사 학교 시절의 일을 떠올렸다.

발달심리학 수업 시간에 특별 강사를 초청해 그림 관련 강의를 들은 적이 있었다. 강사는 나이든 여자 심리학자였다. 그녀는 아이의 마음을 읽는 데 그림이 얼마나 중요한지 역설했다.

***

"이 이야기를 하면 다들 깜짝 놀라는 표정을 짓는데요……." 강사는 칠판에 분필로 마름모꼴을 하나 그렸다.

"마름모꼴입니다. 다이아몬드꼴이라고도 하죠. 여러분, 노트에 이 도형을 그려보세요."

왜 그런 걸 시키는지 의아해하면서도 학창 시절의 하루오카는 노트 귀퉁이에 마름모꼴을 그렸다.

"다 그렸나요? 어려워서 못 그리겠다는 사람 있어요?"

강사가 익살스러운 어조로 말하자 교실에 건조한 웃음소리가 퍼졌다.

"없죠? 어른에게는 간단한 일이에요. 하지만 어린아이한테 마름모꼴을 그려보라고 하면 어떻게 될까요?"

강사는 칠판에 종이 한 장을 붙였다.

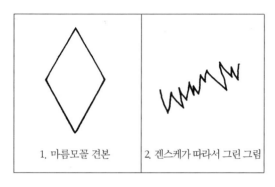

| 1. 마름모꼴 견본 | 2. 겐스케가 따라서 그린 그림 |

"이건 제 친척의 아들인 세 살배기 겐스케가 그린 '마름모꼴'이에요."

학생들이 웅성거렸다. 종이에는 아무리 우겨도 마름모꼴이라고는 할 수 없는 톱니 모양 선이 그려져 있었다.

"이게 마름모꼴로 보이는 사람 있나요? 없겠죠. 겐스케는 마름모꼴 그림을 보면서 똑같이 따라 그리려고 했어요. 그 결과 톱니 모양의 선이 완성된 거고요. 겐스케는 결코 장난친 게 아니에요. 또한 겐스케는 발육 과정에 아무 문제도 없습니다. 사실 마름모꼴을 이렇게 그리는 아이는 아주 많아요."

강사의 말에 학생들이 관심을 집중했다. 강사는 기분이 좋아진 듯 의기양양한 표정으로 말을 이었다.

"겐스케는 마름모꼴 그림을 보고 이렇게 생각했겠죠. 만지면 아프겠다고요. 보세요, 마름모꼴은 끝부분이 날카롭고 뾰족하잖아요? 겐스케는 일단 머릿속으로 뾰족한 부분을 만지는 상상을 한 겁니다. 어린아이는 상상력이 풍부하니까요. 그리고 만졌을 때 느껴지는 따끔따끔한 '통증'도 상상했겠죠. 겐스케는 그 따끔따끔한 통증을 그림으로 표현한 거예요."

강사는 톱니 모양 그림을 가리켰다.

"우리 어른은 눈에 보이는 것……, '실물'을 그릴 수 있어요. 하지만 아이는 머릿속에 떠오른 '이미지'를 그린답니다. 완전히 아티스트죠. '모든 아이는 예술가'라고 하는데, 꼭 틀린 말은 아니에요."

***

하루오카는 유타의 그림을 보면서 그 강사의 말을 떠올렸다.

아이는 눈에 보이는 '실물'이 아니라 머릿속에 떠오른 '이미지'를 그린다……. 이 그림을 그렸을 때, 유타의 머릿속에는 '뭉게뭉게 피어나는 회색'이 떠올랐다는 건가.

유타의 마음을 알고 싶다. 하루오카는 그림을 들고 교실로 향했다.

아무도 없는 교실, 하루오카는 직원용 책상에서 크레파스와 도화지를 꺼냈다. 그리고 유타의 그림을 따라서 그려보기로 했다. 그런다고 뭔가 알아낼 수 있는 건 아니다. 하지만 실제로 손을 움직임으로써, 이 그림을 그렸을 당시 유타가 느꼈을 심정에 조금이라도 다가가고 싶었다.

검은색 크레파스를 집어 일단 도화지 한복판에 맨션을 그렸다. 이어서 회색 크레파스로 6층 한가운데 위치한 집을 덧칠했다.

그러자 아까 검은색 크레파스로 그린 선이 번졌고, 회색 크레파스와 섞여서 거무튀튀한 색깔로 변했다. 하루오카는 위화감을 느꼈다. 뭔가 다르다.

유타의 그림과 자신의 그림을 비교해보았다. 그리고 기묘한 점을 알아차렸다.

하루오카가 그린 그림(왼쪽)과 유타가 그린 그림(오른쪽)

유타의 그림은 검은색과 회색이 섞이지 않았다.

회색으로 떡칠된 부분에 검은 선이 선명하게 남아 있다. 이만큼 힘을 주어 칠했으면 밑에 그려진 검은 선은 번져서 회색과 섞일 것이다. 왜 섞이지 않았을까.

하루오카는 잠시 생각하다 너무나 단순한 답에 다다랐다.

"그래, 맨션을 나중에 그린 거야."

유타는 맨션에 회색 크레파스를 칠한 게 아니다. 일단 도화지 일부를 회색으로 칠한 후, 그 위에 맨션을 그린 것이다. 검은 선은 회색 위에 그어졌다······. 그렇게 생각하면 선이 번지지 않은 것도 이해가 간다. 하지만······.

"유타 군은 왜 그런 짓을······."

하루오카는 한 번 더 그림을 찬찬히 살펴보았다. 그러다 어느 한 곳에 시선이 멈췄다.

회색이 아주 약간, 맨션의 윤곽선을 넘어서 밖으로 삐져나왔다. 그리고 어째선지 그곳만 검은 선이 번져서 회색과 섞였다. 즉, 윤곽선만은 회색을 칠하기 전에 그렸다는 뜻이다. 하루오카는 혼란스러운 머릿속을 정리했다.

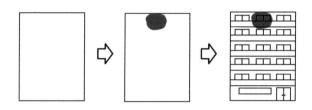

유타는 일단 세로로 길쭉한 직사각형을 그려서 맨션의 윤곽을 정했다. 그 후, 직사각형 윗부분에 회색을 칠하고 마지막에 '집'을 그려 넣었다. 정리하면 '윤곽 → 회색 → 집'이다. 이 희한한 순서는 무엇을 의미할까.

그때 갑자기 교실 문이 열려서 쳐다보니 이소자키가 서 있었다.

"여러모로 번잡할 텐데 미안해. 유타 군은 찾았대?"

"아니요, 아직인가 봐요."

"그렇구나. 저기, 경찰은 안 오려나?"

"네?"

"그게, 실은 내가 예전에 일했던 어린이집에서도 비슷한 일이 있었거든. 여섯 살짜리 여자애가 갑자기 집에서 사라져서 난리가 났지. 뭐, 결국은 금방 발견됐지만. 다른 구에 사는 할머니를 보러 가려고 했었대. 무사해서 천만다행이었지. 아무튼 그날 오전부터 순경이 어린이집을 찾아와서 이것저것 물어봤어. 이번에는 안 그러려나?"

"……듣고 보니 그러네요."

"뭐, 경찰서에 따라 방침이 다를지도 모르지. 바쁠 텐데 말 걸어서 미안해."

"아니요, 신경 써주셔서 감사해요."

"그런데 그거, 뭐 하는 거야?"

"아아, 이건……."

하루오카는 지금까지의 경위를 설명했다.

"……그래서 유타 군이 어떤 기분으로 이 부분을 색칠한 건지 생각하는 중이었어요. 이소자키 선생님 생각은 어떠세요?"

"글쎄……. '수정'했을 가능성은 없을까?"

"수정이요?"

"크레파스는 색연필과 달리 지우개로 못 지우잖아? 그래서 그림을 그리다 실수하면, 실수한 부분을 덧칠해서 지우려고 하는 아이가 종종 있거든."

"아……."

"미안! 이제 가야겠다. 무슨 일 있으면 바로 알려줘!"

이소자키는 복도를 뛰어갔다.

홀로 남은 하루오카는 잠시 얼떨떨한 기분에 사로잡혔다.

왜 지금까지 알아차리지 못했던 걸까. '자기 집을 회색으로 칠한다'는 예사롭지 않은 행동에 너무 정신이 팔렸는지도 모르겠다.

'그림을 그리다 실수한 부분을 덧칠해서 지웠다.' ……가능성은 있다.

하루오카는 크레파스가 담긴 케이스에 시선을 떨어뜨렸다. 어린아이가 실수한 그림을 수정하려고 할 때, 무슨 색 크레파스를 사용할까. 생각할 필요도 없이 흰색이다.

이건 어른의 감각으로도 이해할 수 있다. 예를 들어 서류에 펜으로 글씨를 쓰다가 틀리면 흰색 수정액으로 지우듯이, 아이도 잘못 그린 그림을 흰색 크레파스로 지우려 할 것이다. 하지만 크레파스는 수정액과 다르다. 위에다 다른 색깔을 칠하면 색이 섞인다.

즉…… 유타는 '회색' 크레파스를 칠한 게 아니라 검은색 크레파스로 그린 그림을 흰색 크레파스로 지우려 한 것 아닐까. 그 결과 검은색과 흰색이 섞여 회색으로 떡칠된 게 아닐까.

하루오카는 교실 뒤편에 있는 아이들의 사물함으로 뛰어갔다. 그리고 유타의 사물함을 열어 크레파스 케이스를 꺼냈다. 뚜껑을 열고 흰색 크레파스를 확인하자 끝부분이 회색이었다. 생각했던 대로다. 검은색 위에 덧칠할 때, 섞여서 나온 회색이 묻은 것이리라.

하루오카는 지금까지 얻은 정보를 다시 정리했다.

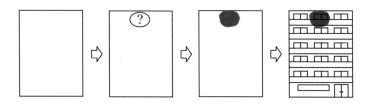

"유타 군은 가장 먼저 맨션 윤곽을 그렸어. 그리고 윤곽 속에 검은색 크레파스로 뭔가 그림을 그린 거야. 하지만 그 그림은 유타 군이 볼 때 '실패작'이었어. 그래서 흰색 크레파스를 덧칠해서 지웠지. 그 결과 흰색과 검은색이 섞여서 회색으로 떡칠된 거고. 그 위에 '집'을 그려 맨션 그림을 완성시켰다……."

그럼 실패한 그림은 뭐였을까. 그걸 모르면 이 그림의 진상에 다다를 수 없다.

"내가 유타 군을 좀 더 유심히 살펴보았다면……."

혼잣말을 중얼거리던 하루오카의 머릿속에 뭔가 번쩍 떠올랐다. ……있다!

평소 관심을 가지고 유타를 눈여겨보는 사람이 이 어린이집에 있다. 그 사람을 만나기 위해 하루오카는 낮잠방으로 향했다.

***

낮잠 시간은 20분쯤 남았지만, 몇몇은 이미 깨어나서 이불 속에서 뒹굴뒹굴하고 있었다. 요네자와 미우도 그중 하나였다.

하루오카는 당번 보육사의 허락을 받고 미우를 옆방으로 데려갔다.

"낮잠 시간 도중에 불러내서 미안해, 미우 양."

"아니요. 잠 다 깼으니까 괜찮아요."

"고마워. 있잖아, 어제 다 함께 그림 그린 거 기억나?"

"네! 엄마를 그렸어요."

"맞아. 그런데 유타 군이 어떤 그림을 그렸는지 선생님은 생각이 안 나네. 잊어버렸어."

"어? 잊어버렸어요?"

"응……. 미우 양은 기억나니?"

"네! 있죠, 맨션 옆에 유타랑 유타 엄마가 서 있는 그림이에 요!"

"미우 양은 기억력이 좋구나!"

"그럼요!"

"그런데 말이야, 선생님은 유타 군이 그 그림을 어떻게 그 렸는지 궁금해. 미우 양, 유타 군이 그림 그리는 모습 봤어?"

"네! 봤어요!"

그 말에 하루오카의 심장이 빠르게 뛰었다.

"유타 군이 어떻게 그렸는지, 선생님에게 가르쳐줄래?"

"알았어요! 어, 처음에는 유타가 크레파스로 커다란 네모를 그렸어요."

"커다란 네모구나? 그다음은?"

"그다음은, 쪼그만 세모를 그렸고요."

"쪼그만 세모?"

"네! 커다란 네모 속에 쪼그만 세모를 그리더라고요. 그리고 그다음에…… 어."

그 후로는 미우도 자기 그림에 집중했던 터라 기억이 잘 안 나는 모양이었다.

***

하루오카는 미우에게 감사를 표하고 낮잠방에 데려다준 후, 교실로 돌아왔다. 덕분에 중요한 사실을 알았다.

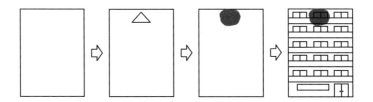

"유타 군은 우선 커다란 직사각형을 그렸어. 그 속에 작은 삼각형을 그렸지만, 이내 흰색 크레파스로 덧칠했어. 그다음에 '집'을 그려 넣어 맨션 그림을 완성시킨 거야."

이 일련의 행동에서 한 가지 사실이 부각된다.

유타는 처음에 맨션이 아니라 다른 뭔가를 그리려고 했다.

커다란 직사각형 속에 작은 삼각형이 있는 구도…… 거기에 뭔가 더 그려 넣음으로써 그 그림은 완성될 터였다.

하지만 유타는 도중에 그 그림을 그리는 것을 단념했다. 도화지에 미완성으로 남은 구도를 보고 생각했을 것이다.

여기에 집을 그려서 '맨션 그림'으로 만들자고.

이를테면 틀린 글씨를 억지로 일부 변형시켜서 올바른 글씨로 고치는 행위. 유타는 왜 그런 식으로 얼버무리고 넘어간 걸까.

하루오카의 반에서는 아이가 그림을 그리다 실수하면 새 도화지를 준다. 유타도 지금까지 몇 번인가 도화지를 '교환'한 적이 있다. 그런데 왜 어제는 이렇게까지 억지로 그림을 고친 걸까. ……생각나는 이유는 하나밖에 없다.

유타는 감추고 싶었던 것이다. 자신이 처음에는 '다른 그림'을 그리려 했다는 사실을.

그 그림을 그리려 했다는 사실 자체를 하루오카에게 들키고 싶지 않았던 것이다.

그럼 유타가 그렇게까지 해서 감추고 싶었던 '다른 그림'은 무엇이었을까. 하루오카는 근본으로 돌아가서 다시 생각해보기로 했다.

애당초 이 그림은 '엄마'를 주제로 그린 것이다. 실제로 도화지 오른쪽에는 유타와 손을 잡은 나오미의 모습이 그려져 있다. ……여기서 하루오카는 초보적인 의문에 부닥쳤다.

과연 유타는 '사람 그림'과 '도형' 가운데 무엇을 먼저 그렸을까.

아까 미우와 나누었던 대화를 떠올렸다. 미우는 분명 이렇게 말했다.

"어, 처음에는 유타가 크레파스로 커다란 네모를 그렸어요."

'처음에는' ……즉, '도형'을 먼저 그렸다는 뜻이다. 그렇다면 위화감이 생긴다.

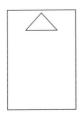

유타는 '엄마'라는 주제를 놓고 이렇듯 기묘한 도형부터 그렸다. 무슨 의도였을까. 머리를 굴린 끝에 하루오카는 예사롭지 않은 결론에 도달했다.

이 도형이 엄마 그림 아닐까.

얼핏 보기에는 나오미와 전혀 닮지 않은 무미건조한 도형이다. 하지만…….

"우리 어른은 눈에 보이는 것……, '실물'을 그릴 수 있어요. 하지만 아이는 머릿속에 떠오른 '이미지'를 그린답니다."

유타는 '엄마' 그림을 그리려다 무의식적으로 이 도형을 그리고 말았다. 그게 머릿속에 떠오른 '엄마'의 이미지였기 때문이다. 그리고 그것은 유타 입장에서는 어떻게든 감추어야 하는 금기였다.

복잡했던 일의 실마리가 풀리자 하루오카의 머릿속에서 뿔뿔이 흩어져 있던 정보의 조각들이 단숨에 짜 맞추어졌다. 그러자 마치 직소 퍼즐처럼 무시무시한 그림 한 장이 드러났다.

***

'곤노 나오미는 유타를 학대했다.'

믿고 싶지 않았다. 착각이었으면 했다.

직원실로 이어지는 복도를 걸으며 하루오카는 머릿속으로 퍼즐을 다시 맞추었다. 하지만 몇 번을 맞추어도 같은 그림이 나온다. 현재 상황을 종합하건대, 그 외에는 달리 생각할 길이 없다.

왜 경찰에서 연락이 오지 않는가.

……나오미가 신고하지 않았기 때문이다. 나오미는 떳떳하지 못한 사정이 있어서 경찰과 얽히기 싫었던 것이다.

왜 유타는 아무 말도 없이 집에서 사라졌는가.

……유타는 나오미에게서 도망치고 싶었던 게 아닐까.

무엇보다 유타가 그린 도형……, 하루오카는 그걸 보자 어떤 물건이 연상되었다. 삼각형 모양으로 구멍이 뚫린 직사각형…… '미술용 자'다.

그저께 밤, 유타는 미술용 자로 장난을 치다가 나오미에게 따끔하게 야단맞았다. 그리고 어제 오후, 그림 그리기 시간에 '엄마'가 주제로 나왔다. 유타는 엄마의 이미지를 떠올리려 했을 것이다. 나오미의 웃는 얼굴, 다정한 목소리, 안심되는 냄새……. 하지만 마음과 달리 유타의 머릿속에 떠오른 것은 미술용 자의 이미지였다.

그럴 만큼 나오미에게 야단맞은 기억은 유타에게 심한 트라우마로 남은 것이다.

그래도…… 야단 좀 맞았다고 그 정도까지 마음을 다칠까?

그렇게 생각했을 때, 어제 만났던 나오미의 모습이 하루오카의 뇌리에 되살아났다.

눈물을 글썽이며 자신의 행동을 후회하던 모습……. 참회라는 말로 표현해도 되지 않을까 싶었다. 아이를 야단쳤다고 그토록 후회하는 보호자는 처음 봤다. 야단칠 때마다 눈물을 흘렸다간, 어린아이를 키우는 부모는 며칠도 안 가서 말라비틀어지리라.

분명 야단치는 것보다 더 심한 짓을 한 것이다.

그렇지만 유타를 끔찍이 아끼는 나오미가 주먹질이나 발길질을 하지는 않았을 것이다. 조금 세게 때린 정도일지도 모른다. 그래도 신뢰하는 보호자에게 처음으로 당한 폭력은 유타의 마음을 깊이 후벼팠다. 그러한 심리적 고통과 미술용 자의 이미지가 머릿속에서 결부된 것이리라.

이 가설이 사실일지라도 나오미를 책망할 마음은 들지 않았다. 일하면서 혼자 아이를 키우는 건 쉬운 일이 아니다. 날마다 고생의 연속이리라. 피로, 불안, 고독 등등이 쌓이고 쌓인 결과, 그만 아이에게 손을 대고 말았다……. 누구에게나 일어날 수 있는 일이다.

문제는 그 사실이 드러날까 무서워서 나오미가 경찰에 신고하지 못한다는 점이다. 이러는 사이에 유타가 사고나 유괴를 당할 위험이 있다. 하루오카는 당장 나오미에게 이렇게 말해주고 싶었다.

"괜찮아요. 아무도 당신을 나무라지 않을 거예요. 그러니까 안심하고 경찰에 상담해서 유타 군을 한시라도 빨리 찾아내죠."

하루오카는 직원실로 가서 나오미에게 연락했다.

곤노 나오미

"다시는 전화 걸지 말아요! 당신 같은 사람하고는 평생 말도 하기 싫으니까!"

지금 자신이 조용한 주택가에 있다는 사실도 잊고 나오미는 고래고래 소리를 질렀다. 그리고 온 힘을 엄지에 담아서 '종료' 버튼을 눌렀다. 그래도 분이 덜 풀렸다. 마음 같아서는 휴대전화를 땅에 내팽개치고 싶었다.

나오미는 아침부터 유타를 찾아 집 근처를 뛰어다녔다. 집집이 찾아가서 정보를 모으느라 정신이 없었다. 그러는 도중에 어린이집에서 전화가 왔다. 유타의 담임 하루오카였다.

하루오카는 나오미에게 더없이 모욕적인 말을 꺼냈다.

'망할 년! 내가 유타를 학대했다고……?'

너무 억울했다. 믿었던 선생님에게 폭력을 행사하는 엄마 취급을 받았다.

'그럴 리 없잖아! 말도 안 돼! 유타가 태어나고 지금까지 단 한 번도 손댄 적 없는데.'

'확실히 내가 어릴 때는 부모가 아이를 때리는 게 당연시되던 시대였어. 어머니한테 참 많이도 맞았지. 그래서 내가 부모가 됐을 때는 아이에게 절대로 그러지 않겠다고 맹세했어.'

'내가 완벽한 부모라고는 생각하지 않아. 하지만 절대로 유타에게 손찌검을 하지는 않아. 그것만큼은 단언할 수 있어. 신께 맹세코.'

나오미는 머릿속으로 계속 외쳤다.

어느새 눈물이 펑펑 쏟아졌다. 자신의 인생을 모조리 부정 당한 기분이었다.

하지만 아이러니하게도 하루오카 덕분에 유타가 지금 어디 있는지 짐작이 갔다.

'직사각형에 삼각형……. 미술용 자를 그린 게 아니야. 그 건 분명…….'

나오미는 휴대전화 주소록을 열었다. 화면을 아래로 쭉 내 려서 몇 년 만에야 보는 번호로 전화를 걸었다. 유타는 분명 여기 있다.

발신음이 몇 번 울린 다음, 남자가 쉰 목소리로 전화를 받 았다.

"전화 감사합니다. 사쿠라 공동묘지입니다."

"저기, 좀 여쭤볼 게 있어서요. 거기 어린 남자아이가 오지 않았나요?"

"아아! 혹시 유타의 보호자 되세요?"

"네……! 맞아요!"

"다행이다! 안심하세요. 지금 제가 데리고 있으니까요."

아침부터 마음 졸였던 나오미는 긴장이 풀리자 서 있을 수가 없어서 그 자리에 쪼그려 앉았다.

"가…… 감사합니다……. 바로 갈게요……."

***

사쿠라 공동묘지…… 집에서 걸어서 10분쯤 걸리는 곳이다. 산책 삼아 갈 수 있는 거리지만, 나오미는 요 몇 년간 단한 번도 가본 적이 없었다. 오히려 부근을 지나가는 것조차 피했다. 그럴 만한 사연이 있었다.

공동묘지 입구에 있는 작은 사무소에 들어간 나오미는 접수처에 앉은 초로의 남자에게 말을 걸었다.

"저기, 실례합니다. 아까 전화드린 곤노라고 하는데요."

남자는 나오미를 보고 활짝 웃었다.

"오오! 기다리고 있었습니다."

"번거롭게 해서 정말 죄송합니다……."

"아니요, 무슨 말씀을요. 유타는 지금 안쪽 방에 있어요. 가시죠."

방으로 향하는 도중에 남자가 어떻게 된 일인지 설명해주었다.

"한 시간쯤 전이었나. 성묘하러 오신 여자분이 알려주셨어

124

요. 어린 남자아이 혼자 묘지를 돌아다니는데, 혹시 보호자를 잃어버린 것 아니냐고요. 그래서 묘지에 가봤더니 남자아이가 뭔가 찾는 것처럼 두리번거리면서 돌아다니더라고요. 어쩐 일인가 싶어 말을 걸었죠.

그러자 어머니 무덤을 찾는다고 하더라고요. 이야, 사정은 모르지만 감탄했습니다. 그렇게 어린데 혼자 성묘라니…… 참 장해요."

'역시…….'

나오미는 납득했다. 유타는 진짜 어머니를 만나러 온 것이다.

'직사각형 속의 작은 삼각형', ……유타가 그리려고 했던 것은 무덤이다. 분명 세로로 길쭉한 묘비에 '곤노(今野)'라는 성씨를 한자로 쓰려다 그만두었으리라. 요네자와 미우는 '곤(今)'의 위쪽 절반만 보고 삼각형이라고 착각한 게 틀림없다.

그렇다면 유타는…….

곤노 유타

기억 속에서는 매미 소리만이 시끄럽게 울려 퍼진다.

땡볕이 내리쬐는 푸른 하늘 아래, 밀짚모자를 쓴 유타에게 아버지 다케시가 다정한 목소리로 뭐라고 말했다. 그게 무슨 말이었는지 아무리 생각해도 유타는 기억이 안 난다.

하지만 두 사람 앞에 커다란 돌이 있었던 것만은 기억난다. 세로로 길쭉한 돌이었다. 돌에는 기호 여섯 개가 그려져 있었다.

'무덤'이라는 말은 훨씬 나중에야 알았다. 네 살 무렵, 어린이집에서 선생님이 읽어준 그림책에 그 그림이 나왔다.

세로로 길쭉한 돌……. 그걸 보았을 때 유타는 깨달았다. 그날 아버지와 보았던 것이 '무덤'임을. 선생님이 "이 돌 밑에는 하늘나라에 간 사람이 잠들어 있단다" 하고 가르쳐주었다. 유타는 궁금했다.

그 무덤에는 누가 잠들어 있을까…….

얼마 전에 그 의문이 풀렸다. 어린이집 교실에서 선생님이 말했다.

"여러분은 4월에 상급반이 됐어. 우리 어린이집에서 제일 오빠고 누나인 거지! 그리고 이미 알겠지만, 내년이면 어린이집을 졸업하고 초등학교에 들어가. 초등학교에 가면 지금보다 재미있는 일도 훨씬 많고 새로운 친구도 실컷 사귈 수 있지만, 그만큼 해야 할 일도 많이 늘어난단다.

예를 들어 지금은 다들 자기 이름을 히라가나(*가타가나와 더불어 일본에서 사용하는 표음문자)로 쓰잖아? 하지만 초등학교에 올라가면 한자로 쓸 줄 알아야 해. 그러니까 오늘은 내년에 대비해서 한자로 이름을 쓰는 연습을 할 거야! 지금부터 종이를 한 장씩 나눠줄게. 각자의 이름을 한자로 적어놨으니까 손가락으로 한번 따라서 써보자."

유타가 받은 종이에는 '곤노 유타(今野優太)'라고 적혀 있었다. 이때 유타는 처음으로 자기의 한자 이름을 보았다…….
그런데…….

'곤노(今野)'……이 한자의 모양이 어쩐지 눈에 익었다.

갑자기 머리가 어질어질하며 먼 옛날 기억이 되살아났다.

시끄러운 매미 소리. 뜨거운 햇살.

옆에는 아버지가 있다. 아버지가 가리킨 곳에는 무덤이 있었다. 거기에는 기호 여섯 개가 그려져 있었다. 그 기호는 한자였다. 그리고 처음 두 글자가 바로 '곤노(今野)'였다.

아버지의 목소리가 들렸다. 그립고 다정한 목소리였다.

"여기에 유타의 어머니가 잠들어 있단다. 유타가 태어나기 전에 하늘나라로 떠났지."

"응? 엄마는 살아 있는데."

"그렇지. '엄마'는. 하지만 유타에게는 '어머니'가 있었거든."

'엄마'와 '어머니' ……자신에게 모친이 두 명이라는 사실을 유타는 이때 어렴풋이 이해했다.

'엄마'는 늘 유타를 돌봐주는 상냥하고, 재미있고, 가끔 무섭고, 그리고 유타가 세상에서 제일 좋아하는 '엄마'다. 엄마 이름이 '나오미'라는 것도 이미 알고 있었다.

그리고 '어머니'는…… 잘 모른다. 유타는 그 사람의 얼굴도 이름도 몰랐다. 하지만 자신과 아버지에게 아주 소중한 사람이라는 건 알았다.

아버지가 밀짚모자 위로 유타의 머리를 톡톡 두드리며 말했다.

"하지만 유타. 엄마가 있는 곳에서 '어머니' 이야기는 하지 말렴. 약속해줄래?"

"……응."

"고맙구나. 만약 '어머니'에 대해 더 알고 싶거든 언제든지 아빠한테 말하렴. 뭐든지 다 가르쳐줄게. 약속하마."

하지만 그 약속을 지키기 전에 아버지는 죽었다.

그래서 유타에게 '어머니'의 기억이라고는 그날 보았던 무덤밖에 없다. 그리고 그 기억조차도 어느 틈엔가 가슴속 깊이 묻어버렸다. '엄마'를 배려하느라 그랬는지도 모르겠다.

하지만 몇 년의 세월이 지나 유타는 생각해냈다.

자기에게는 '어머니'가 있다는 사실을. 그리고 그 사람은 무덤에 잠들어 있다는 사실을.

***

한자를 배우고 며칠 후였다.

그림 그리기 시간에 선생님이 이렇게 말했다.

"곧 어머니 날이야. 오늘은 엄마에게 선물할 그림을 그려보자!"

유타는 별로 내키지 않았다. 전날 밤 낙서를 했다는 이유로 몹시 야단맞아서 엄마와 약간 서먹서먹해졌기 때문이다.

크레파스를 집었을 때 뭔가가 가슴속에 솟아올랐다.

장난기가 약간 발동한 것이다. 유타는 엄마가 아니라 '어머니' 그림을 그려보기로 했다. 야단맞아서 속상한 마음을 달래기 위한 사소한 반항이었다.

유타는 무덤 그림을 그리려고 했다. 그것이 '어머니'에 관한 유일한 기억이었기 때문이다. 하지만…… 도중에 그만두었다.

'엄마'에게 아주 못된 짓을 한다는 기분이 들었기 때문이다.

낑낑대며 방법을 궁리한 끝에 그림을 겨우 고쳤다.

하지만 그 후로도 '어머니' 생각이 머리에서 떠날 줄 몰랐다.

그날 밤 유타는 이불 속에서 생각했다.

'어머니를 만나고 싶어.'

'한 번 더 거기 가고 싶어.'

다음 날 아침, 유타는 처음으로 혼자 외출했다.

무덤으로 가는 길은 잘 생각나지 않았다. 아버지를 따라서 걸었던 희미한 기억을 길잡이 삼아 걸음을 옮겼다.

누구의 도움도 없이 길을 잃지 않고 고작 몇십 분 만에 도착한 건 거의 기적이나 다름없었다. 유타는 아직 기적이라는 말을 몰랐지만, 마치 '뭔가가 이끌어주는 것' 같았다.

도착했을 때 공동묘지 정문은 닫혀 있었다. 유타는 정문이 열릴 때까지 근처 공원에서 기다리기로 했다. 하면 안 되는 짓을 하고 있다는 자각이 있었으므로, 아무에게도 들키지 않도록 터널 모양 놀이기구 속에 몸을 숨겼다.

지금까지 살면서 가장 길고 불안한 몇 시간이 지났다. 오전 10시. 유타는 공동묘지 정문이 열린 걸 확인하고 쏜살같이 달려 들어갔다. 두근대는 가슴을 진정시키며 그 무덤을 찾았다.

하지만 묘지가 생각보다 넓고 구조도 복잡해서 좀처럼 찾을 수 없었다. 꽤 오랫동안 빙빙 돌아다녔다. 다리가 피곤했다. 배가 고팠다. 목이 말랐다. 하지만 돌아가기 싫었다. 돌아가면 엄마한테 또 혼난다. 절망적인 기분이었다.

그때 앞쪽에서 아저씨가 걸어왔다.

"애야, 왜 그러니? 엄마를 잃어버렸어?"

유타는 아저씨를 따라 공동묘지 입구에 있는 건물로 들어갔다. 안쪽 방에서 아저씨는 유타의 이름을 묻더니, 보리차와 과자를 가져다주었다. 오늘 처음으로 먹는 음식이었다. 배고프고 목마른 몸이 시키는 대로 정신없이 먹었다.

"유타! 부모님과 연락됐어. 다행이다! 곧 데리러 오신대!"

아저씨가 기쁜 목소리로 알려주자 유타는 기분이 침울해졌다. 곧 엄마가 온다. 반드시 혼난다. 무섭다. 도망치고 싶다.

유타는 지금까지 엄마에게 한 번도 안 맞아봤다. 하지만 이번만큼은 각오했다. 그 정도로 나쁜 짓을 했다는 자각이 있었다.

그래서…… 방으로 들어온 엄마가 아무 말도 없이 꼭 안아주었을 때는 기쁨보다 놀라움이 앞섰다.

"유타…… 다행이다…… 다행이야……. 아무 일도 없어서 다행이야……."

눈물 섞인 엄마의 목소리를 들으며 어느새 유타도 눈물을 흘렸다.

곤노 나오미

혼낼 생각이었다.

"걱정했잖아!" "사고라도 나면 어쩌려고 혼자 나가!" "나쁜 사람한테 잡혀가면 어쩔 뻔했어!" ……하지만 유타의 얼굴을 본 순간, 그 모든 말은 머릿속에서 사라졌다.

꼭 끌어안는 게 고작이었다.

유타가 살아 있다. 나오미는 그것만으로 행복하다는 사실을 깨달았다.

"이야, 무사히 만나서 참 다행입니다."

남자의 말을 듣고 나오미는 겨우 정신을 차렸다.

"정말 민폐를 끼쳤네요. 죄송합니다."

"아니요, 아니요. 뭘 그런 걸 가지고. 아참. 이건 다른 이야기인데요. 유타의 어머니 성함은 뭔가요?"

"성함……?"

"네. 아까 찾아봤는데 저희 공동묘지에는 '곤노'라는 성씨를 쓰는 무덤이 세 개라서요. 어딘지 몰라서 아직 유타를 데려가지 못했거든요."

"……유타의 어머니 이름은…… 유키……, 곤노 유키예요."

***

　남자는 나오미와 유타를 무덤 앞으로 안내했다.

　'곤노 유키의 묘(今野由紀之墓).' ……이 글씨를 보는 건 1주기 법요를 올리고 약 5년 만이었다.

　'곤노 집안의 묘'로 삼지 않은 건 유키를 여기에 홀로 내버려두고 싶었기 때문이다. 다시는 얽히고 싶지 않았다. 그만큼 나오미는 유키가 겁났다. 늘 저주받는 듯한 기분이 들었다.
　다케시가 죽었을 때, 지하철로 한 시간이나 걸리는 곳에 무덤을 쓴 건, 다케시와 유키의 영혼이 서로 가까워질까 봐 두려웠기 때문이다. 지금도 당장 유타의 손을 잡아끌며 여기서 달아나고 싶다.
　하지만 그리움 어린 표정으로 무덤을 바라보는 유타를 보자 그럴 수가 없었다. 아무리 못마땅해도 유키는 단 하나뿐인 유타의 어머니다.
　나오미는 작게 속삭였다.

　"유타, 무덤에 두 손을 모아. 그렇지. 그리고 눈을 감고 속으로 말을 걸어보렴."

***

오후 2시가 지났을 무렵, 나오미와 유타는 공동묘지를 나섰다.

"유타, 이제 어린이집에 가자. 걱정 끼쳐서 죄송하다고 둘이서 선생님한테 사과하는 거야."

"……응."

나오미에게는 사과해야 할 일이 하나 더 있었다. 아까는 감정에 휘둘려 마구 화냈지만, 생각해보면 하루오카 나름대로 유타를 걱정해서 한 말이다.

앞으로도 유타 일로 도움을 받아야 할 사람이다. 화해해야 한다.

두 사람은 손을 잡고 걸었다.

하루오카 미호

"제가 너무 예의 없이 굴었죠. 정말 죄송해요."

직원실에서 나오미는 몇 번이고 머리를 꾸벅 숙였다.

하루오카도 통화하고 나서 내내 노심초사했던 마음을 전했다.

"저야말로 멋대로 추측해서 무례한 말씀을 드렸네요. 죄송합니다."

"아니요. ……따지고 보면 다 제 책임이에요. ……자, 유타도 선생님께 죄송하다고 사과드려."

"……선생님, 죄송해요."

유타가 조그마한 머리를 숙였다.

"괜찮아, 유타 군. 하지만 앞으로는 엄마한테 아무 말도 없이 혼자 나가면 안 된다."

엄하게 말할 생각이었지만 마지막에는 목소리가 떨렸다.

***

나오미도 유타도 많이 피곤한지 오늘은 이만 집에 돌아가기로 했다.

하루오카는 두 사람을 어린이집 정문까지 배웅했다.

"그럼 유타 군. 내일 보자. 잘 가!"

"선생님, 안녕히 계세요!"

손을 잡고 걸어가는 두 사람을 하루오카는 편안한 마음으로 바라보았다. 저렇게 사이좋은 가족인데, 학대가 있었을 리 없다.

"나도 멀었구나……."

하루오카는 혼잣말하듯 중얼거렸다.

교실로 돌아가는 길에 복도에서 이소자키가 말을 걸었다.

"하루오카 선생! 유타 군, 찾았다면서? 다행이다."

"네! 저희 반 아이 때문에 아침부터 걱정이 많으셨겠어요."

"아니야, 아니야. 나야말로 아무 도움도 못 줘서 미안해! 그런데 벌써 돌아갔어? 유타 군이랑 할머니."

하루오카는 한순간 말문이 막혔다.

그때 두 사람의 이야기가 들렸는지 교실에서 미우가 뛰쳐나와 이소자키에게 항의했다.

"이소자키 선생님! 아니에요! '할머니'가 아니라 유타의 '엄마'라고요!"

"엄마? 하지만……."

의아해하는 이소자키에게 하루오카는 사정을 설명하려 했다. 하지만 곤노네의 복잡한 가정환경을 어떻게 전해야 할지 망설여졌다.

그런 하루오카를 보고 미우가 답답하다는 듯이 도움의 손길을 내밀었다. 어디서 배웠는지 어른 같은 말투로, 하지만 너무나 간결하게 모든 걸 표현했다.

"있죠, 이소자키 선생님. 저마다 이런저런 사연이 있는 법이에요."

곤노 나오미

나오미는 그날 밤 화장실 거울 앞에 서고서야 온종일 민낯으로 지냈음을 알아차렸다. 아침에 일어나자마자 유타를 찾아 돌아다니느라 화장할 여유조차 없었다.

어쩔 수 없었다고는 하나, 이 얼굴을 수많은 사람에게 보여주고 다녔다니 충격이다. 동년배에 비해 너무 나이 들어 보인다는 건 나오미도 안다. 노파 같다.

도저히 예순네 살로 보이지 않는다.

*＊＊

침실을 들여다보자 유타는 이미 소록소록 잠들어 있었다. 많이 피곤했으리라. 그건 나오미도 마찬가지였다. 거실로 돌아가서 소파에 앉았다. 참으로 긴 하루였다.

불단에 시선을 주었다. 사진틀 속에서 미소 짓는 아들에게 나오미는 중얼거렸다.

"다케시……, 오늘 그 사람의 무덤에 다녀왔어."

유키……. 다시는 듣고 싶지 않은 이름이었다.

다케시의 아내. 그리고 나오미의 며느리.

나오미는 휴대전화를 꺼내 어떤 웹사이트에 들어갔다. 다케시가 생전에 운영했던 블로그다.

'인터넷에 개인 정보를 공개하면 위험하다.'

나오미의 충고를 받아들여 다케시는 본명이 아니라 닉네임을 사용했다.

'렌.' ……닉네임을 왜 그렇게 지었느냐고 묻자, 다케시는 쑥스러운 표정으로 가르쳐주었다.

"여기에는 일종의 트릭이 있어. 내 이름을…….”

딩동.

추억에 잠겨 있던 나오미를 현실로 불러오듯 초인종이 울렸다.

시계를 보자 10시가 지났다. 이런 시간에 손님이라니, 이상하다.

등골이 오싹했다.

나오미는 발소리를 죽이고 현관으로 가서 외시경을 들여다보았다.

문 앞에 회색 코트를 입은 남자가 서 있었다.

'마침내…… 집까지…….'

이 남자가 누구이고, 무엇 때문에 나오미와 유타를 노리는
지는 모른다.

하지만 내버려두면 유타에게 해를 끼칠 가능성이 크다. 그
전에 어떻게든 조치를 해야 한다.

나오미는 살그머니 현관에서 물러나 침실 문을 조심스레
닫았다. 그리고 부엌에서 식칼을 꺼내 등 뒤에 숨겼다.

"네, 지금 열게요."

일부러 밝은 목소리로 말하며, 이번에는 발소리를 숨기지
않고 현관으로 향했다. 체인을 벗기고 자물쇠를 풀었다.

"우리 맨션은 관리비가 싸서 출입구 외에는 방범 카메라가
없어요."

복도에는 카메라가 없다.

천천히 문을 열었다.

눈앞의 남자는 몸집은 그렇게 크지 않았지만, 묘한 위압감
을 풍겼다. 나오미는 다리가 얼어붙을 것 같았다. 지면 안 된

다. 억지로 웃음을 짓고서 남자에게 말했다.

"자, 들어오세요."

남자는 그 말에 따르듯 현관으로 들어왔다.

문이 닫혔다. 이제 이 집에서 무슨 일이 생긴들 아무도 못
본다.

나오미는 감추었던 식칼을 남자에게 들이댔다.

남자는 동요하지 않았다. 칼을 보고도 아무 말 없이 꼿꼿하
게 서 있다. 나오미는 어쩐지 으스스했다. 남자의 목적을 모
르겠다. 앞으로 뭘 어쩔 작정인지도…….

하지만 할 거면 지금밖에 없다.

결심하기까지 시간은 걸리지 않았다. 나오미는 양손으로
식칼을 움켜쥐고 남자에게 덤벼들었다.

**

몸싸움이 벌어질 줄 알았다.

뜻밖에도 남자는 저항하지 않았다. 남자는 칼에 찔려 피가
철철 흐르는 배를 손으로 누른 채 고통스러워하며 쓰러졌다.

후드가 벗겨지면서 얼굴이 드러났다.

주름이 자글자글한 초로의 남자였다.

남자의 얼굴을 나오미는 어디선가 본 적이 있었다.

하지만 아무리 애를 써도 누구인지는 기억나지 않았다.

제3장

미술 교사의
마지막 그림

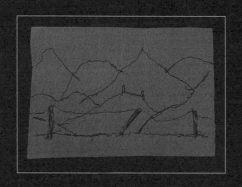

미우라 요시하루

교편을 잡은 이후로 미우라 요시하루는 자신을 위해 시간을 쓴 적이 거의 없었다. 평일 낮은 수업에 쫓기고, 방과 후에는 학생의 진로를 상담하고 동아리 활동을 지도하느라 바빴다. 퇴근 시간이 지나서야 겨우 시작하는 사무작업은 밤늦게까지 이어지기 일쑤였다.

휴일에는 졸음을 참으며 가족을 데리고 야외로 놀러 나가서 텐트를 치고, 숯불을 피우고, 고기를 구웠다.

그뿐만이 아니다.

친구가 어려운 일을 당하면 몇 시간이든 이야기를 들어주고, 일자리 소개는 물론 가끔은 돈을 마련해주기도 했다.

학생, 가족, 친구…… 그들의 행복이 미우라가 살아가는 보람이었다. 보답을 바란 적은 없었다.

다만 그런 미우라에게도 1년에 몇 번, 자신만을 위한 날이 있었다.

집 근처 산에 올라 거기서 보이는 절경을 그림에 담는다. 그것이 미우라에게는 최고의 사치였다.

오늘이 바로 그날이었다.

하지만…… 지금 미우라 앞에는 지옥이 펼쳐져 있다.

지금까지 살아온 인생을 모조리 부정하는 듯한 절망적인 경치였다.

미우라는 호주머니에서 펜을 꺼냈다.

그려야 한다.

그림을 그려야 한다.

. . . . . .

녀석을 위해서.

**

1992년 9월 21일, L현 K산에서 남자의 시체가 발견됐다. 피해자는 부근에 사는 41세 남성 미우라 요시하루. 고등학교 교사로, 담당 과목은 미술이었다.

시체에서 찔린 상처와 폭행당한 흔적이 다수 발견되어, 경찰은 살인사건으로 보고 수사에 나섰다. 조사 결과 미우라는 20일부터 21일까지 캠핑할 목적으로 K산을 찾았음이 판명되었다.

현장에는 **미우라가 그린 것으로 추정되는 그림이 남아 있었다.**

증언 ① 첫 번째 발견자

저는 K산의 정비 업무를 맡고 있습니다. 21일 아침, 등산로 설비를 확인하려고 산에 올랐죠. 그런데 사람이 쓰러져 있길래……. 죄송합니다. 생각만 해도 속이 안 좋아져서……. 정말 심각한 상태였어요. ……네, 바로 내려와서 경찰에 신고했습니다. ……돌아가신 분은 고등학교 선생님이죠? 아직 젊고, 부인과 아이도 있다고 들었는데…… 참 딱하게 됐어요.

증언 ② 미우라 요시하루의 제자

……네, 저는 미술부 부장이에요. 돌아가신 미우라 선생님은 미술부 담당이라, 시간을 같이 보낼 때가 많았죠. ……미우라 선생님에 대해서요? 사실대로 말씀드리면 좋아하지는 않았어요. 오히려 싫어했죠. ……아니요, 저뿐만이 아니에요. 학교에서 미우라 선생님을 따르는 학생은 거의 없었을걸요. 그게, 툭하면 화를 내니까……. 본인은 '열혈 교사'랍시고 그랬는지도 모르겠지만, 다들 속으로는 짜증을 냈어요. 저도 미술부에서 수업받을 때, 얼마나 호통을 들었는지…… 정말 무서웠다고요……. 선생님이 돌아가신 게 충격이긴 하지만…… 슬프다는 감정은 안 생기네요…….

증언 ③ 미우라 요시하루의 아내

······남편이 죽은 일에 대해서요? 아직 실감이 안 나네요. 솔직히 부부 관계가 그렇게 원만하지는 않았어요. 육아 문제로 많이 다퉜죠. ······예를 들어 저희 아들은 집에서 책 읽는 걸 좋아하는데도, 남편은 늘 밖으로 데리고 나가 캠핑이니 바비큐니 억지로 시키고······. 아들은 정말 질색했어요. 자식의 기분이 어떤지도 모르고 자기 멋대로 행동하면서 '가족을 아끼는 좋은 아버지'라니, 혼자 북 치고 장구 치는 데도 정도가 있어야지······. 죄송해요. 푸념하고 말았네요. ······분명 시간이 지나면 점점 슬퍼지겠죠. 이래저래 싫은 점은 있었지만, 제게는 단 하나뿐인 남편이었으니까요.

증언 ④ 미우라 요시하루의 친구

미우라와는 미대 시절부터 친구였습니다. 졸업 후에도 미우라에게 이것저것 도움을 받았죠. 저는 일주일에 한 번 외부 강사 자격으로, 미우라가 교사로 있는 고등학교의 미술부를 가르치고 있습니다. 네, 물론 미우라가 물어다준 일감이에요. 박봉에 시달리는 제가 측은했던 거겠죠. 부업을 해서 생활비에 보태라더군요. 뭐, 그러니 고맙기는 했습니다. 그렇지만······

음. 미우라를 좋아했느냐 하면…… 어렵네요. 미우라는 너무 자기 위주거든요. 느닷없이 전화해서 내일 같이 하이킹 가자는 둥, 한잔하러 당장 나오라는 둥, 이쪽 사정은 고려하지 않고 제안하죠. ……뭐, 거절하면 되지만요. 하지만 그에게 신세를 지는 입장이다 보니, 싫다고 말하기는 힘들잖아요…….

(취재: L일보·구마이 이사무)

─ 1995년 8월 28일…… L현 지방신문사 'L일보' 본사

두툼한 파일을 앞에 두고 19세 청년 이와타 슌스케는 생침을 삼켰다.

파일 표지에는 'K산 미술 교사 살인사건(1992) 취재 자료 모음'이라고 적혀 있었다. 이 파일은 3년 전에 발생한 엽기 살인 사건의 정보로 가득하다.

옆에서 상사 구마이가 말했다.

"이와타, 각오는 됐나?"

"……네."

"그럼 펼친다."

구마이가 파일 표지를 넘겼다.

이와타 슌스케

이와타 슌스케는 올해 L일보에 입사한 신입이다. 3년 전, 어떤 일을 계기로 신문기자가 되기로 결심하고, 고등학교를 졸업하자마자 L일보의 문을 두드렸다.

면접 때는 '자신의 두 눈으로 확인한 진실을 많은 사람에게 전하고 싶다'라는 마음을 열띠게 표현했다. 면접관의 반응은 좋았고, 얼마 지나지 않아 합격 통지서를 받았다.

'이제 기자가 될 수 있다!' ······그런 이와타의 기쁨은 입사하자마자 박살 났다.

기자와는 전혀 관계없는 부서인 총무국에 배치됐기 때문이다.

이와타는 나중에야 알았다.

L일보의 사원은 300명이 넘지만, 기자의 숫자는 그 절반에도 미치지 못한다. 기자로 활동하는 건 회사의 노른자위인 편집국 소속의 엘리트 사원뿐이다. 그들은 전부 대학을 졸업했다.

이와타가 채용된 건 기자가 되고 싶다는 열의를 높이 평가받아서가 아니다. 단순히 대졸보다 임금이 낮은 고졸 응시자의 숫자가 마침 그해에 적었기 때문이다.

물론 사원을 뒤에서 보조하는 총무국 업무가 중요하다는

건 이와타도 잘 안다. 하지만 역시 불만이었다.

'난 취재를 하고 싶어서 신문사에 입사한 거야…….' 그것이
본심이었다.

구마이 이사무

그런 이와타의 교육을 담당한 사람이 입사 23년 차의 베테
랑, 구마이 이사무였다. 구마이는 예전에 편집국 소속 기자로
서 수많은 기사를 써냈다.

그 당시 별명은 '개코 구마'. 형사 사건의 특종 냄새를 구마
이보다 더 잘 맡는 사람은 없었다. 남보다 재능이 있었던 건
아니다. 죽을 둥 살 둥 노력했을 뿐……. 구마이는 그렇게 자
부했다.

꼭두새벽이든 한밤중이든 사건이 발생했다는 소식이 들리
면 바로 현장에 직행했다. 비가 오나 뙤약볕이 내리쬐나 밖을
돌아다니며 관계자를 취재했다. 형사들과 깊은 관계를 쌓았
고, 가끔은 무릎 꿇고 머리를 조아리면서까지 아직 공개되지
않은 정보를 캐냈다.

늘 온 힘을 다해 달렸다. 구마이는 그런 자신에게 긍지를
품고 있었다.

하지만 3년 전, 전환기가 찾아왔다.

어떤 사건을 쫓던 도중에 식도암이 발병했음을 알아차리고, 처음으로 장기 휴가를 얻었다. 구마이는 속상했다. 사건 취재를 도중에 포기하는 건 처음이었기 때문이다. 그 사건은 'K산 미술 교사 살인사건'으로 현 내의 고등학교 교사 미우라 요시하루가 산속에서 살해당한 사건이었다.

'병이 나으면 바로 취재를 재개하자.' ······그런 일념으로 열심히 치료받으며 투병했다. 애쓴 보람이 있었는지 두 달 만에 복직할 수 있었다.

하지만 복직 당일, 사장이 구마이를 호출해 예상치도 못한 말을 꺼냈다.

"구마이. 지금까지 고생 많았어. 알다시피 기자는 목숨을 갈아 넣어서 돈으로 바꾸는 직업이지. 병에 걸린 몸으로는 힘들 거야. 오늘부터 총무국으로 옮겨. 이제부터는 몸을 잘 챙기면서 느긋하게 일하도록 해."

기자 라인업에서 제외······ 병이 들어 몸을 혹사할 수 없는 구마이는 이제 기자로서 가치가 없다······, 그렇게 말한 것이나 마찬가지였다.

구마이는 물고 늘어졌다. 하다못해 취재 중이었던 'K산 사건'만이라도 끝까지 쫓게 해달라고 몇 번이고 사정했으나 결과는 변함없었다.

***

그로부터 3년의 세월이 흘렀다.

1995년 봄, 총무국에 신입사원이 한 명 들어왔다. 이와타 슌스케라는 고졸 청년이었다. 원래는 기자를 지망했지만, 희망이 이루어지지 않아 총무국에 배치됐다는 모양이다. 흔한 일이다. 회사원은 좋든 싫든 회사가 까라면 까야 하는 법이다. ……그건 알지만 구마이는 이와타가 너무 가여웠다.

'기자로 일하고 싶다. 하지만 할 수 없다.' ……현재 자신의 상황과 겹쳐 보였기 때문이다.

그러나 공과 사는 구분해야 하는 만큼, 응석을 받아줄 수는 없다. 구마이는 호랑이 선배가 되기로 마음먹고 총무국 일을 철저하게 가르쳤다. 이와타도 가르침에 응해 잘 배우고 흡수했다. 이와타는 입사한 지 반년도 지나지 않아 총무국을 지탱할 소중한 인재로 성장했다.

그러던 어느 날이었다. 업무 시간이 끝난 후, 이와타가 결의에 찬 표정으로 구마이에게 말을 꺼냈다.

"구마이 씨. 상의할 일이 있는데요."
"뭔데?"

"……회사를 그만두려고요."

구마이는 놀라지 않았다. 언젠가 이런 날이 올 거다……, 그런 예감은 들었다.

"그만두고 어쩌려고?"

"프리랜서 기자가 될 겁니다."

"……원래 기자를 지망했댔지."

"네. ……총무국 일이 재미없는 건 아니에요. 구마이 씨께는 정말로 감사한 마음뿐입니다. ……하지만 꼭 기자가 되어서 취재하고 싶은 사건이 있어요."

"……무슨 사건인데?"

"3년 전에 K산에서 발생한 **미술 교사 살인사건**이요."

"뭐라고?"

구마이는 당혹스러웠다. 자신에게 쓰라린 기억으로 남은 그 사건을 왜 이와타가……?

"이와타…… 너, K산 사건과 무슨 관계라도 있는 거야?"

"네. ……사실 피해자 미우라 요시하루 선생님은 제 은사세요. 고등학교 1학년 때 담임이셨죠."

"은사……?"

반년 가까이나 함께 일했는데도 전혀 몰랐다. 이와타가 그 이야기를 꺼내는 걸 피했는지도 모르겠다. 하기야 '은사가 살해당한 이야기'를 굳이 하고 싶지는 않으리라.

"그렇구나……. 좋은 선생님이셨어?"

"……."

이와타 슌스케

"좋은 선생님이셨어?"

구마이의 질문에 이와타는 대답을 망설였다. '좋은 선생님'이라고 딱 잘라 말할 수 있을 만큼, 미우라는 완벽한 교사가 아니었기 때문이다.

"사실…… 미우라 선생님은 학생들에게 호감을 사지 못했어요. 규칙과 예의를 몹시 따지는 사람이라, 교칙을 위반한 학생을 때리거나 존댓말을 사용하지 않는 학생에게 고함을 지르거나…… 담당으로 있던 미술부에서도 너무 엄격하게 지도한다는 이야기가 자주 들렸고요.

하지만 나쁜 사람은 아니었어요. 교육열이 너무 높아서 자기 기준에 맞지 않으면 울컥하는 성미였을 뿐이지…… 근본은 아주 다정한 사람이었죠.

학생의 고민거리를 몇 시간이나 들어주고, 왕따가 발생하면 앞장서서 해결하려고 애쓰는 등…… 저도 가정환경이 특별했던 터라 선생님께 도움을 많이 받았고요."

이와타는 부모님이 없다. 열한 살 때 어머니를, 그리고 열다섯 살 때는 아버지를 병으로 여의었다. 아버지가 돌아가신 후에는 할아버지 집에서 살았지만, 연금으로 생활하는 할아버지는 손자를 남들 못지않게 부양할 여유가 없어서 이와타는 매일 아르바이트를 해야 했다. 그런 이와타를 제일 많이 도와준 사람이 당시 담임이었던 미우라 요시하루였다.

"이와타. 이거 알아? 역 앞 슈퍼에서 파는 '하나야기 도시락'이라는 건데, 선생님은 이걸 좋아해서 매일 사먹어. 넉넉하게 샀으니까 가져가서 할아버지랑 같이 먹으렴."

미우라는 그렇게 말하고, 매일 '하나야기 도시락'을 두 개 들려 보냈다. 덕분에 이와타는 가난해도 배를 곯지는 않았다.

어떤 날은 장래와 인간관계가 너무 불안해서 방과 후에 고민을 털어놓은 적이 있었다. 바쁠 텐데도 미우라는 두 시간도 넘게 이와타와 마주 앉아 이야기를 들어주었다. 그리고 마지막에 다정한 목소리로 말했다.

"이와타. 선생님은 자주 K산에 올라가서 그림을 그린단다. 8부 능선에서 보이는 산들이 절경이거든. 다음에 데려가서 보여줄게. 고민이 싹 날아갈 거다."

미우라는 분명 엄격한 교사였다. 불합리한 면모도, 자기 위주로 행동하는 구석도 있었다. 하지만 동시에 학생들에게 깊은 애정도 품고 있었다. 솔직한 마음으로 부딪치면 정면으로 받아주었다. 이와타는 미우라와 함께 산에 오를 날을 기대했다. 하지만 그 소원은 이루어지지 않았다.

고등학교 1학년 여름방학이 끝나고 얼마 지나지 않아 미우라는 죽었다.

뉴스에서 연일 사건을 보도했다. 이와타는 수사에 진전이 있는지 궁금해서 매일 텔레비전이 뚫어지게 뉴스를 보았다. 시간이 지나도 범인이 체포될 낌새는 없었고, 뉴스에서 보도되는 횟수도 나날이 줄어들었다. 그리고 어느덧 아무도 화제로 삼지 않게 되었다.

이와타는 사건이 미궁에 빠진 채, 미우라 요시하루라는 인간이 잊혀가는 사태를 참을 수 없었다. 그날 무슨 일이 있었는지, 왜 미우라가 살해당해야 했는지 꼭 알고 싶었다.

열여섯 살 때 이와타는 기자가 되기로 결심했다.

미디어가 보도하지 않는다면 자기 힘으로 진상을 밝히겠다는 마음이었다.

***

"그랬구나. 그럼 선생님의 원한을 풀기 위해 L일보에 입사한 건가. 총무국 일을 할 때가 아니로군……."

"물론 총무국 일도 좋아해요. 하지만 저는 어떻게든…… 기자가 되어서 미우라 선생님의 사건을 조사하고 싶습니다."

"뭐, 기분은 이해해. 하지만 경험이고 인맥이고 없는 사람이 무턱대고 프리랜서 기자로 나선들, 할 수 있는 일에는 한계가 있지. 게다가 당연하지만 월급도 안 나와. 입에 풀칠은 어떻게 하려고?"

"……."

"그리고 이게 제일 중요한데…… 내가 보기에 넌 기자가 적성에 안 맞아."

"네?! ……왜요?!"

"물러빠졌거든."

그 한마디에 이와타는 분노가 솟구쳤다.

"구마이 씨! 저를 너무 무시하시는 거 아닙니까! 저는 진심으로 기자가 되고 싶다고요!"

"그럼 왜 날 취재하지 않지?"

"……네?"

"난 3년 전까지 이 회사에서 기자로 일했어. 그건 알지?"

"네."

"이건 말하지 않았지만, 난 당시 K산 사건을 취재 중이었어."

"어?! ……그러셨어요?"

"응. 그래서 사건에 관한 정보가 넘쳐나지. 그런 사람이 가까이 있는데도, 넌 지금까지 눈뜬장님처럼 지냈어. 왜 내가 예전에 기자였다는 사실을 알았을 때, 사건에 관해 물어보지 않았지?"

"그건…….

"내가 상사라서? 상사라서 꺼린 건가? 그런 점이 물러빠졌다는 거야. 상사고 뭐고, 정보가 있을 법한 사람에게는 기죽지 않고 달려든다. 그게 기자라는 족속이야. 지금 프리랜서가 되겠다고? 아무 정보도 건지지 못하고 굶어 죽기 딱 좋아."

이와타는 아무 대꾸도 하지 못했다.

"이와타. 내가 너 잘못되라고 하는 소리가 아니잖아. 기껏 취직한 회사니까 일이 힘들지 않다면 그만두지 마. 사건에 대해 알고 싶으면 내가 가르쳐줄게. 잠깐만 기다려."

구마이는 자기 책상 서랍에서 두툼한 파일 하나를 꺼냈다.

표지에는 'K산 미술 교사 살인사건(1992) 취재 자료 모음'이라고 적혀 있었다.

"나도 이 사건에는 애착이 있어서 기자를 그만둔 후에도 자료를 처분하지 못했어. 간직해두길 잘했군."

"……저한테 보여주시려고요?"

"응. 아무한테도 말하지 마."

"네."

"그리고…… 마음 단단히 먹어. 이 자료에는 미우라 요시하루 씨가 어떻게 살해당했는지 상세하게 적혀 있어. 네 입장에서는 썩 알고 싶지 않은 이야기겠지."

미우라가 끔찍하게 살해당했다는 정보는 당시 뉴스에서도 흔히 언급되었으나 구체적으로 어떻게 살해당했는지는 모른다. 솔직히 가능하다면 은사가 얼마나 비참한 최후를 맞았는지는 알고 싶지 않다. 하지만 '진상을 밝히겠다'고 결심한 건 이와타 본인이다.

이와타는 생침을 삼켰다.

"이와타, 각오는 됐나?"

"……네."

"그럼 펼친다."

***

구마이는 자료를 가리키며 사건의 개요를 설명했다.

"1992년 9월 20일에서 21일까지 미우라 씨는 K산에서 캠핑할 계획이었어.

일요일	월요일
20	21
휴일	개교기념일

9월 20일은 일요일. 그리고 너는 졸업생이라 잘 알겠지만, 21일은 학교 개교기념일이야. 연휴를 이용한 거겠지. 다만 미우라 씨는 일요일 오전 시간에 할 일이 있었어.

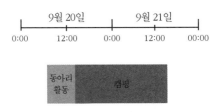

미우라 씨가 담당하는 미술부 수업이야. 미우라 씨는 미술부 수업을 마친 후, 바로 캠핑을 가기로 했던 모양이야.

9월 20일(일요일)
07:40 집에서 출발
07:50 학교에 도착
08:00 수업 시작

일요일 아침, 미우라 씨는 7시 40분경에 집을 나서서 차를 몰고 학교로 향했어. 차에는 등산용 배낭을 실었지. 부인 말에 따르면 배낭에 간이 텐트, 침낭, 손전등, 물통 등의 캠핑용품 그림을 그리기 위한 스케치북과 연필을 챙겼대.

7시 50분에 학교 도착. 교무실에는 들르지 않고 바로 미술실에 가서 당시 3학년이었던 여학생 **가메이도**와 일대일로 수업을 진행했어."

"일대일? 미술부 수업인데요?"

"듣기로는 미우라 씨가 너무 엄격하게 수업해서 미술부원 숫자가 확 줄어들었대."

"아…… 그러고 보니 그런 이야기도 들어봤어요. 새로 가입한 동아리원 열 명이 한 달 만에 전부 그만뒀다나……."

"응. 당시 1학년 동아리원은 없었고, 2학년이 한 명. 그리고 3학년은 가메이도뿐이었어."

"동아리원이 두 명뿐인 미술부라……."

"게다가 그날은 2학년 동아리원이 친척 장례식 때문에 쉬어서 학생은 가메이도 한 명뿐이었지."

"그런 상태에서도 동아리 활동은 쉬지 않았군요."

"응, 미우라 씨는 스파르타식이었던 모양이니까. '단 한 명이라도 수업하겠다!' 그런 마음이었겠지. 예전에 가메이도를 취재한 적 있는데, 미우라 씨를 몹시 싫어하더군. 아주 들들 볶았나 봐. 그 당시 취재 정보도 이 파일에 있으니까 나중에 읽어봐."

미우라 선생님에 대해서요? 사실대로 말씀드리면 좋아하지는 않았어요. 오히려 싫어했죠. …… 그게, 툭하면 화를 내니까……. 본인은 '열혈 교사'랍시고 그랬는지도 모르겠지만, 다들 속으로는 짜증을 냈어요. 저도 미술부에서 수업받을 때, 얼마나 호통을 들었는지…… 정말 무서웠다고요…….

"덧붙여 미우라 씨는 수업 중에 **오후부터 K산에서 캠핑할 예정이라는 걸** 가메이도에게 말했어."

***

"13시에 동아리 활동이 끝났지. 미우라 씨는 바로 차를 몰고 근처 역으로 향했어.

지하철역은 학교와 K산 사이에 있어. 학교에서 직접 K산으로 갈 수도 있지만, 미우라 씨는 역에 용건이 있었지. 하나는 역 앞 슈퍼에서 **식료품을 구입하는 것.** 다른 하나는 **역 근처에 사는 도요카와를 데리러 가는 것이었어.**"

"도요카와……? 그건 누군가요?"

"미대 시절부터 미우라 씨와 친구였던 남자야. 뭐, '친구'라
고는 해도 도요카와는 미우라 씨를 내심 싫어했던 것 같지만."

미우라와는 미대 시절부터 친구였습니다. 졸업 후에도 미우
라에게 이것저것 도움을 받았죠. 저는 일주일에 한 번 외부 강
사 자격으로, 미우라가 교사로 있는 고등학교의 미술부를 가
르치고 있습니다. 네, 물론 미우라가 물어다준 일감이에요. 박
봉에 시달리는 제가 측은했던 거겠죠. 부업을 해서 생활비에
보태라더군요. 뭐, 그러니 고맙기는 했습니다. 그렇지만……
음. 미우라를 좋아했느냐 하면…… 어렵네요. 미우라는 너무
자기 위주거든요. 느닷없이 전화해서 내일 같이 하이킹 가자
는 둥, 한잔하러 당장 나오라는 둥, 이쪽 사정은 고려하지 않고
제안하죠.

"전날…… 즉, 토요일 밤에 미우라 씨가 도요카와에게 전화
해서 '내일과 모레, 같이 K산에서 캠핑하자'라고 했대. 평소에
는 하자는 대로 했던 도요카와도 그때만큼은 거절했다는군.
당연하지. 도요카와는 본업이 회사원이라 평일인 월요일은
아침부터 출근해야 해. 1박 2일로 캠핑을 어떻게 가겠어? 하
지만 그런 사정을 말해도 미우라 씨는 굽히지 않았대."

"네?"

"미우라 씨는 이렇게 제안했어. 도중까지 같이 산에 오르다가 도요카와만 그날 하산하면 된다고."

"도중까지는 무조건 같이 가자는 건가…… . 어쩐지…… 막무가내네요."

"결국 도요카와는 미우라 씨의 제안에 따라 당일치기 등산을 하기로 했어. 역 앞에서 만난 두 사람은 근처 슈퍼에 들러 산에서 먹을 음식을 샀지. 이때 미우라 씨가 산 건 단팥빵, 돈가스 샌드위치, 그리고 '하나야기 도시락'이었어.

> **9월 20일(일요일)**
> 07:40 집에서 출발
> 07:50 학교에 도착
> 08:00 수업 시작
> 13:00 학교를 출발
> 13:10 역 앞에서 도요카와와 만나
>   슈퍼에서 식료품 구입
> 13:30 K산에 도착, 등산 시작

먹을거리를 구입한 두 사람은 차를 타고 K산으로 향했어. 13시 30분경에 도착해 산기슭의 주차장에 차를 대고 등산로를 오르기 시작했지. 그런데 이와타. K산에 올라가본 적 있어?"

"네. 옛날에 아버지랑 4부 능선까지요. 어린아이도 오르기 어렵지 않은 산이었어요."

"맞아. 나도 취재하러 몇 번 올라갔는데, 경사가 완만해서 아주 편하더군. 등산로에는 로프를 쳐놔서 길을 잃을 걱정도 없고 말이야. 도중까지는 길도 정비해놨어. 덕분에 지역 주민에게 인기 있는 곳이라 언제나 오르내리는 사람이 꽤 있었지. 그리고 이 산이 인기 있는 이유는 하나 더 있어.

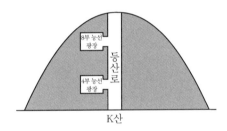

K산

4부 능선과 8부 능선에 '광장'이라고 불리는 휴게소가 있거든. 4부 능선 광장에는 테이블이 몇 개 놓여 있어서 밥을 먹기에 딱 좋아. 한편 8부 능선 광장은 캠핑에 적합하지.

14시 30분경, 미우라 씨와 도요카와는 4부 능선 광장에 도착해 점심을 먹었어. 이때 미우라 씨가 먹은 건 슈퍼에서 산 **'하나야기 도시락'**이야. 중요한 점이니까 잘 기억해둬. 밥을 먹은 후 두 사람은 광장에서 그림을 그리다 15시 30분경에 헤어졌어. 도요카와는 하산했고, 미우라 씨는 8부 능선 광장을 향해 올라갔지.

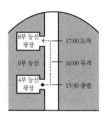

그 후, 하산하던 사람 몇 명이 등산로를 올라가는 미우라 씨를 봤어. **16시경, 6부 능선 부근에서 마지막으로 목격됐지.** 덧붙여 6부 능선부터 8부 능선까지는 길이 험해서 빨라도 올라가는 데 한 시간은 걸려. 즉, 미우라 씨가 8부 능선에 도착한 건 **17시 이후**로 추정돼.

9월 20일(일요일)
13:00 학교를 출발
13:10 역 앞에서 도요카와와 만나
　　　슈퍼에서 식료품 구입
13:30 K산에 도착, 등산 시작
14:30 4부 능선 광장에 도착, 식사 후
　　　스케치
15:30 도요카와와 헤어져 등산 재개
16:00 6부 능선 부근에서 마지막으로
　　　목격됨
9월 21일 월요일(월요일)
09:00 시체 발견

그리고 다음 날 아침 9시경. 8부 능선을 찾은 남자가 광장에 쓰러져 있는 미우라 씨의 시체를 발견했어."

"……그 남자는 왜 그렇게 아침 일찍 산에 오른 건가요?"

"K산을 담당하는 산림 정비사였거든. 8부 능선의 설비가 망가졌다는 이야기를 듣고 상태를 확인하러 간 거야.

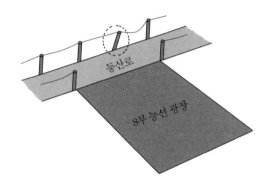

아까도 말했지만 K산의 등산로에는 로프를 쳐놨어. 그 로프를 지탱하는 나무 말뚝을 전날…… 즉, 일요일 낮에 대학생 등산 동아리가 장난으로 걷어차서 부러뜨렸다는군."

"난폭한 짓을 했네요."

"학생들도 하산한 후 얼마쯤 지나서 역시 잘못된 짓을 했다고 반성했는지, 산림 관리 단체에 전화해서 사과했대. 마침 산림 정비사가 전화를 받았지. 하지만 이미 밤 10시도 지난 시간이라 다음 날 아침 일찍 확인하러 가기로 했고. 그 결과운 나쁘게도 시신을 제일 먼저 발견했으니 참 안 됐어."

저는 K산의 정비 업무를 맡고 있습니다. 21일 아침, 등산로 설비를 확인하려고 산에 올랐죠. 그런데 사람이 쓰러져 있길래……. 죄송합니다. 생각만 해도 속이 안 좋아져서……. 정말 심각한 상태였어요. ……네, 바로 내려와서 경찰에 신고했습니다.

"산림 정비사는 하산해서 경찰에 신고했어. 정오쯤 현장 검증이 실시됐지. 현장에 남아 있던 배낭에서 미우라 씨의 신분증이 발견됐고, 산기슭 주차장에 미우라 씨의 차가 세워져 있었으므로 시체의 신원은 미우라 씨로 추측됐어."

"추측이요?"

"그 시점에서는 단정할 수가 없었거든. 시체가 너무 심하게 손상돼서 말이야. 얼굴은커녕 성별조차 보기만 해서는 분간할 수 없었다나 봐. 툭 까놓고 말하자면 **간신히 인간 형태를 유지한 뭔가**였지."

"윽……. 아주 잔인하게 살해당했군요."

"날붙이로 찌른 상처와 돌로 때린 흔적이 합쳐서 **200군데도 넘었다**고 들었어."

"200군데도 넘게……."

"살인범이 피해자의 시체를 이 정도까지 훼손하는 동기는 크게 두 가지로 볼 수 있어. 하나는 신원을 감추기 위해. 또 하나는 극심한 원한을 풀기 위해. 이 사건은 어느 쪽일 것 같아?"

"……만약 신원 은폐가 목적이라면, 신분증을 현장에 남겨 놓는 건 이상해요. 즉…… 극심한 원한…… 쪽이겠죠."

"맞아. 범인은 미우라 씨를 몹시 증오한 거겠지."

이와타는 한기를 느꼈다. 200군데도 넘게 찌르고 때릴 만큼 큰 원한……. 범인과 미우라 사이에는 대체 무슨 일이 있었던 걸까.

**

"그런데 미우라 선생님은 언제 살해된 걸까요?"

"사망추정시각은 꽤 자세하게 밝혀졌어. 시체 손상이 심해서 부검에 난항을 겪긴 했는데, 다행이랄까 위장에서 **소화되지 않은 음식물**이 검출됐지. '하나야기 도시락'의 내용물과 동일했대.

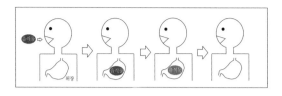

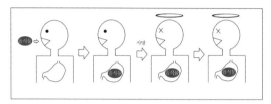

　음식물은 위장에서 세 시간에 걸쳐 소화돼. 소화가 끝나면 위장은 텅 비지. 하지만 소화 도중에 사망해 위장이 활동을 멈추면 음식물은 위장에 남아. 다시 말해 음식물이 소화된 상태를 보면, 식사 후 몇 시간 만에 죽었는지 알 수 있는 거야. 미우라 씨는 **식사하고 약 두 시간 30분 후에 사망한 걸로 추정됐어.** 미우라 씨가 '하나야기 도시락'을 먹은 건 14시 30분경. 그로부터 두 시간 30분 후…… 즉, **17시경**에 살해당한 셈이야."

　"그렇군요……. 어? 잠깐만요. 미우라 선생님이 8부 능선에 도착한 건 17시 이후였잖아요."

　"응, 요컨대 미우라 씨는 8부 능선에 도착하자마자 살해당한 거야."

> **9월 20일(일요일)**
> 07:40 집에서 출발
> 07:50 학교에 도착
> 08:00 수업 시작
> 13:00 학교를 출발
> 13:10 역 앞에서 도요카와와 만나
>   슈퍼에서 식료품 구입
> 13:30 K산에 도착, 등산 시작
> 14:30 4부 능선 광장에 도착, 식사 후
>   스케치
> 15:30 도요카와와 헤어져 등산 재개
> 16:00 6부 능선 부근에서 마지막으로
>   목격됨
> 17:00~ 8부 능선 광장에 도착, 도착하고
>   얼마 지나지 않아 살해됨
> **9월 21일(월요일)**
> 09:00 시체 발견

＊＊＊

"이와타. 지금까지의 이야기를 듣고서 떠오르는 범인의 이미지는 어떻지?"

"글쎄요……. 일단 시체의 상태로 보건대 범인은 미우라 선생님을 아주 미워했어요. 따라서 **범인은 선생님의 지인일 겁니다.**"

"그렇겠지. 초면인 사람과 말다툼을 벌이다가 그만 살해하고 말았다……. 그런 사건도 가끔 발생하기는 하지만, 그렇다고 200군데도 넘게 시체를 훼손하지는 않겠지. 범인은 면식범이야. 게다가 미우라 씨와 아주 관계가 깊었던 인물이지."

"그리고 미우라 선생님이 일요일에 산을 오른다는 걸 알고 있었던 사람. 그렇다면…… 지금까지 이야기 속에 나온 인물 중 수상한 건…… **미우라 선생님의 부인, 미술부원 가메이도 씨, 그리고 도요카와 씨**로군요."

"맞아. 물론 그밖에도 조건에 들어맞는 인물이 있을 가능성을 배제할 수 없겠지만, 미우라 씨와의 관계를 고려해 경찰은 이 세 사람에게 초점을 맞췄어. 그리고 알리바이를 검증한 결과, 용의자는 한 명으로 좁혀졌지."

"뭐라고요?!"

"순서에 따라 설명할게. 미우라 씨와 도중까지 동행한 도요카와는 일단 제쳐놓고, 다른 두 사람의 알리바이를 살펴보자. 두 사람이 사는 동네에서 K산 8부 능선까지 교통기관을 사용해도 가는 데만 세 시간쯤 걸려."

동네 14:00 출발 ⇨ 3시간 ⇨ K산 8부 능선 17:00 범행 시각 ⇨ 3시간 ⇨ 동네 20:00 귀가

"범행 시각이 17시니까…… 왕복하는 시간을 고려해, 14시부터 20시 사이에 알리바이가 있으면 혐의가 풀리는 셈이로군요."

"응. 다만 고려해야 할 힌트가 하나 더 있어. 미우라 씨의 소지품 중에서 없어진 물건이 있었지. **침낭, 그리고 단팥빵과 돈가스 샌드위치야.** 단팥빵과 돈가스 샌드위치는 미우라 씨가 역 앞 슈퍼에서 '하나야기 도시락'과 함께 산 거야. 분명 저녁과 아침으로 먹을 생각이었겠지. 하지만 먹기 전에 살해당했을 테고. 부검 결과 **위장에서는 검출되지 않았어.** 즉, 범인이 가지고 갔을 가능성이 커."

"먹을 것과 침낭을 훔쳤다면…… 범인은 산속에서 하룻밤을 보내고 아침에 하산한 걸까요?"

"그런 생각도 들 만해. 하지만 그런 것치고는 이상해. 미우라 씨의 소지품에는 손전등, 물, 텐트 등 야숙에 필요한 물품이 더 있었어. 하지만 하나도 도난당하지 않았지. 다시 말해 범인은 **그런 물품들을 가지고 있었다**는 뜻이야. 그렇게까지 용의주도한 범인이 야숙에 필요불가결한 '먹을 것'과 '침낭'을 깜박하는 실수를 할까?"

"확실히……. 하지만 그렇다면 무슨 목적으로……."

"경찰을 속이기 위해서야. 봐, 너도 방금 범인의 유도에 딱 걸렸잖아. '범인은 산속에서 하룻밤을 보내고 아침에 하산했다.' ······그런 생각을 심기 위해 식료품과 침낭을 훔친 거겠지. 그리고 실은 그날 안에 산을 내려와서 밤부터 다음 날 아침에 걸쳐 알리바이를 만든 거야."

"그렇구나. '범인은 산에서 밤을 보냈다'고 경찰이 오해하면 밤부터 아침에 걸쳐 알리바이가 있는 자신은 용의자에서 제외된다······ 그런 작전이로군요."

"그래. 하지만 그런 얄팍한 수는 경찰에 통하지 않아. 경찰은 범인의 작전을 역이용해 다음과 같이 수사하기로 했어.

A시간 알리바이가 성립하는 시간대	B시간 범인이 알리바이를 위장하려 한 시간대
14시 20시	아침

A시간	여기에만 알리바이가 있음, 범행 불가능
A시간 B시간	양쪽 다 알리바이가 있음, 범행 불가능
B시간	여기에만 알리바이가 있음, 범행 가능, 위장일 가능성 있음

14시부터 20시까지를 A시간, 20시부터 다음 날 아침까지를 B시간이라고 했을 때, 'A시간'에 알리바이가 있으면 용의자에서 제외. 'B시간'에만 알리바이가 있을 경우는 알리바이를 위

장했을 가능성이 있으므로 오히려 의혹이 강해진다는 논리지. 결과적으로 미우라 씨의 아내와 가메이도는 용의자에서 제외됐어.

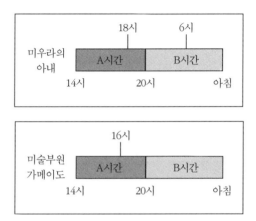

미우라의 아내는 사건 당일 18시경, 당시 열한 살이었던 아들을 데리고 근처 채소 가게에 장을 보러 갔어. 그리고 다음 날 아침 6시가 지나 집 앞을 청소하는 모습을 이웃 사람이 목격했지. 다음으로 가메이도는 사건 당일 16시경에 집에서 친구 집에 전화를 걸었어. 친구의 증언, 그리고 통화 기록으로 증명됐지."

"그럼 범인은…… 도요카와."

"그래. 경찰이 도요카와를 집중적으로 조사하자 심상치 않은 정보가 나왔대. 사건 당일 4부 능선에서 미우라 씨와 헤어진 후, 하산하는 도요카와의 모습을 본 사람이 아무도 없는 거야."

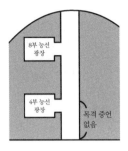

"네?!"

"요컨대 도요카와는 산을 내려가지 않았을 가능성이 커."

"그럼 미우라 선생님을 몰래 따라갔다는 겁니까?"

"아니, 그런 목격 증언도 없었어. 말하자면 도요카와는 4부 능선에서 느닷없이 사라진 거야. 경찰의 생각은 이랬어. 도요 카와는 미우라 씨와 헤어진 후, 등산로를 벗어나 8부 능선까 지 간 게 아닐까."

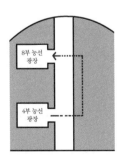

"다른 경로가 있나요?"

"짐승이 다니는 험한 산길이지만 성인이라면 그렇게까지 힘들이지 않고 걸어 다닐 만하다는군. 서두르면 등산로를 사용하는 것과 비슷한 시간에 8부 능선까지 갈 수 있다나 봐. 정리하면 이래. 미우라 씨와 헤어진 도요카와는 등산로를 벗어나 산길로 8부 능선에 도착. 미우라 씨를 살해한 후 침낭과 식료품을 훔쳐 그날 하산했어. 덧붙여 다음 날 아침 7시경, 도요카와는 이웃 사람과 인사를 나누었지."

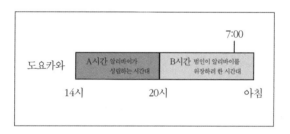

"B시간에만 알리바이가 있어서…… 의혹이 더 커졌다는 건가요."

이야기를 들어보니 범인은 도요카와밖에 없다. 하지만…….

"구마이 씨……. 이 사건, 지금까지 아무도 체포되지 않았잖아요. 경찰은 왜 도요카와를 체포하지 않은 겁니까?"

"못 한 거야. 지금 이야기한 내용은 전부 추측에 불과해. 연행할 준비를 했지만, 막판에 체포영장이 나오지 않았다나 봐."

"이렇게 수상한데요?"

"수상하기만 해서는 안 돼. 명확한 증거가 딱 하나만 있어 도 간단했겠지만, 아쉽게도 지금까지 그런 증거는 발견되지 않았어. 그리고 문제가 하나 더 있지. 도요카와는 동기가 약 해. 확실히 그가 미우라 씨를 아니꼽게 여겼던 건 사실이겠 지. 하지만 그게 미우라 씨를 그토록 끔찍하게 죽일 만한 이 유냐고 하면…… 그렇게 보기는 어려워."

"세 사람 외에 다른 용의자는 없었나요?"

"글쎄……. 난 도중에 취재를 그만두고 입원했으니까 자세 하게는 모르지만, 체포된 사람이 나오지 않았으니…… 유력 한 인물은 없었던 거겠지."

***

구마이는 파일을 넘기며 중얼거렸다.

"뭐, 이뿐이라면 수많은 엽기 살인사건 중 한 건에 불과하 겠지. 하지만 이 사건에는 기묘한 점이 하나 더 있었어."

구마이가 펼친 페이지에는 사진이 끼워져 있었다.

"이건……?"

"현장에 남아 있던 배낭에는 스케치북이 들어 있었어. 그림으로 가득한 스케치북이었지. 사진에 담긴 그림 두 장은 사건 당일 4부 능선 광장에서 그린 걸로 추정돼."

"그런데…… 이 그림의 뭐가 기묘한데요?"

"기묘한 건 이 그림이 아니야. 이다음, 8부 능선 광장에서 그린 마지막 그림이지."

"마지막 그림?"

구마이가 페이지를 한 장 더 넘겼다. 거기 끼워진 사진을 보고 이와타는 두 눈을 의심했다.

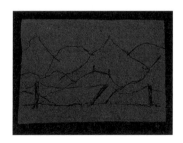

그림 실력이 뛰어난 미우라가 그렸다고는 믿기지 않을 만큼 조잡하고 지저분한 그림이었다.

"이거…… 정말로 미우라 선생님이 그리신 건가요?"

"응, 미우라 씨의 그림이 틀림없어. 8부 능선 광장에서 보이는 산줄기의 모습을 그린 거래.

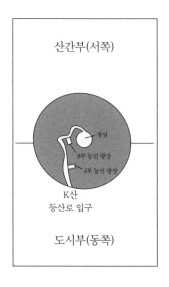

너도 알겠지만 K산은 산간부와 도시부의 경계에 자리 잡고 있어. 등산로를 올라가면 8부 능선에서 산간부의 산들이 눈에 확 들어오지. 미우라 씨는 이 경치를 좋아해서 생전에 여러 번 스케치한 모양이야."

"이와타. 선생님은 자주 K산에 올라가서 그림을 그린단다. 8부 능선에서 보이는 산들이 절경이거든."

"그 이야기, 미우라 선생님께 들은 적 있어요. 하지만······ 이 그림은······."

"이상하지? 다른 그림과는 그림체가 전혀 달라. 더구나 이 건 **영수증 뒷면에 그린 거야.**"

***

"영수증은 미우라 씨의 바지 호주머니에 들어 있던 지갑에 서 발견됐어. 일요일 낮에 역 앞 슈퍼에서 식료품을 구입하고 받은 거지. 그 영수증 뒷면에 이 그림이 그려져 있었어. 감식 결과, 영수증에 묻은 지문 등을 통해 미우라 씨가 직접 그린 그림으로 단정됐어. 그림을 그린 도구는 미우라 씨가 늘 호주 머니에 넣고 다녔던 볼펜. 조잡한 그림이지만, 적당히 아무렇 게나 그린 건 아닌가 봐. 예전에 8부 능선에 올라가서 실제로 경치를 확인했는데, 구도가 거의 일치했어.

미우라가 그린 그림

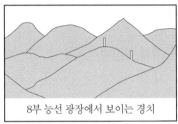

8부 능선 광장에서 보이는 경치

　각 산의 높이, 경사, 위치 관계, 그리고 산 위에 위치한 송신 탑까지 충실하게 재현했어. 아주 정확하게 그리고 싶었던 거겠지. 보조선까지 만들었어."

　"보조선……이 뭔가요?"

　"사진을 자세히 봐. 종이에 접힌 자국이 있지?"

　"……확실히 촘촘하게 접은 듯한 자국이 있네요."

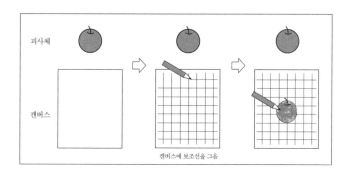

피사체

캔버스

캔버스에 보조선을 그음

　"미술에 관심이 없어서 잘 몰랐는데, 화가가 뭔가를 보고 따라서 그릴 때 미리 종이에다 기준이 되는 선을 긋는데. 그게 소위 '보조선'이야. 보조선이 있어야 정확하고 균형 잡힌 그림을 그릴 수 있다는군."

　"미우라 선생님의 경우 영수증을 접어서 보조선을 만들었다⋯⋯?"

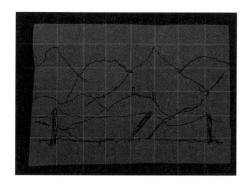

"그게 경찰의 견해야. 사실 그림을 자세히 보면, 보조선에 맞춰서 그렸다는 걸 알 수 있어."

"그런데 왜 영수증 뒷면에 그렸을까요?"

"확실히 그림을 그릴 거면 스케치북이 나을 텐데 말이야. 하지만 미우라 씨는 그러지 않았어. 왜일까?"

질문을 받고 이와타는 무시무시한 가능성을 하나 떠올렸다.

"……미우라 선생님은 스케치북을 꺼낼 수 있는 상황이 아니었다……?"

"맞아. 내 생각은 이래. 미우라 씨는 8부 능선에 도착한 후 누군가에게 습격당했어. 범인은 미우라 씨에게 칼을 들이댔지. 두 사람은 한동안 눈싸움을 벌였어. 그러는 도중에 미우라 씨는 호주머니에서 영수증과 볼펜을 꺼내, 무서워서 떨리는 손으로 범인 뒤쪽에 보이는 경치…… 산줄기를 똑같이 그린 거야. 그림을 다 그린 후, 미우라 씨는 살해당했어."

확실히 그렇게라도 생각해야 설명이 되겠지만, 너무나 부자연스럽다. 왜 미우라는 칼로 위협당하는 상황에서 도망치기는커녕 그림을 그리려고 했을까.

그때 한 가지 가능성이 떠올랐다.

"구마이 씨. 미우라 선생님은 정말로 살해당하기 직전에 그림을 그렸을까요?"

"그건 무슨 소리야?"

"선생님은 생전에 K산 8부 능선에 여러 번 올라가셨잖아요. 예전에 갔을 때 그린 그림이 지갑에 들어 있었을 가능성은 없을까요?"

"그건 아니야. 아까도 말했잖아. 그림이 그려진 영수증은 **그날 낮에** 역 앞 슈퍼에서 발행된 거야."

"아…… 그렇지."

"그리고 그림을 유심히 봐봐.

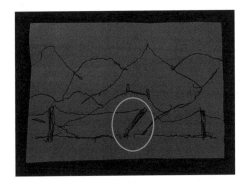

앞쪽에 말뚝이 세 개 있지? 이건 로프를 치기 위해 등산로에 박은 말뚝이야. 중간에 있는 말뚝이 기울어진 거 알겠어?"

"네……. 아! 혹시."

"기억났어? 사건 당일 낮에 대학생 등산 동아리가 8부 능선에서 말뚝을 걸어차서 부러뜨렸지. 그 말뚝이 이거야. 미우라 씨가 살해되기 몇 시간 전에 있었던 일이지."

"그게 그림에 담겨 있으니…… 역시 이 그림은 죽기 직전에 그린 거로군요."

"응. 미우라 씨가 8부 능선 광장에 도착하고 살해당하기까지 얼마 안 되는 시간에."

범인에게 습격당한 상황에서 그린 산줄기 그림. 대체 무슨 목적이었던 걸까.

"……혹시 이 그림, 범인을 나타내는 메시지…… 같은 걸까요?"

"글쎄. 몽타주라도 그렸으면 고마웠으련만. 뭐, 그랬으면 범인이 처분했겠지만."

"확실히……."

미우라는 범인이 처분하지 않게끔, 쉽게는 풀 수 없는 암호를 남겼다는 건가……. 하지만 그렇다면 다른 의문이 샘솟는다. **범인은 왜 그림을 현장에 남겨둔 걸까.** 자기 이름이나 몽타주가 아니더라도 살해한 상대가 죽기 전에 묘한 그림을 그렸다면 만약을 위해 처분하는 게 자연스럽지 않을까…….

생각에 잠긴 이와타를 보고 구마이가 말했다.

"뭐, 사건의 개요는 대충 그래. 자, 늦었으니 이만 퇴근하자."

***

사원 기숙사로 돌아온 이와타는 살풍경한 네 평짜리 방에
드러누웠다. 미우라가 그린 그림이 머릿속을 계속 맴돌았다.
보조선이 특히 마음에 걸렸다.

스케치북에 그린 그림에는 선이 그어져 있지 않았다. 즉,
미우라는 **평소 보조선을 사용하지 않고 그림을 그리는 유형**

이었다는 뜻이다. 그런데 왜 산줄기 그림을 그릴 때는 일부러 꼼꼼하게 보조선을 그렸을까. 그렇게 하면서까지 정확하게 그려야 할 이유가 있었던 걸까.

또한 '영수증을 접었다'는 점도 마음에 걸린다. 보조선이 필요하면, 펜으로 선을 그으면 그만이다. 왜 접어서 선을 만드는 귀찮은 짓을 했을까…….

생각하면 할수록 모르겠다.

이와타는 작게 한숨을 쉰 후 몸을 뒤척였다. 그때 문득 벽에 걸린 달력이 눈에 들어왔다. 곧 9월이다. 미우라가 죽은 지 3년이 다 됐다.

"이와타. 선생님은 자주 K산에 올라가서 그림을 그린단다. 8부 능선에서 보이는 산들이 절경이거든. 다음에 데려가서 보여줄게. 고민이 싹 날아갈 거다."

'다음 달에 올라가볼까.'

이와타는 미우라가 사랑한 절경을 한번 보고 싶었다.

***

사건 당일 미우라의 행동

9월 20일(일요일)

07:40 집에서 출발

07:50 학교에 도착

08:00 수업 시작

13:00 학교를 출발

13:10 역 앞에서 도요카와와 만나 슈퍼에서 식료품 구입

13:30 K산에 도착, 등산 시작

14:30 4부 능선 광장에 도착

　　　식사 후 스케치

15:30 도요카와와 헤어져 등산 재개

17:00경 8부 능선 광장에 도착

　　　영수증 뒷면에 산줄기를 그림

　　　얼마 지나지 않아 살해됨

9월 21일(월요일)

09:00 시체 발견

> ・200군데 넘게 시체를 훼손한 흔적 → 극심한 원한?
>
> ・침낭과 식료품을 도난 → 알리바이 위장?
>
> ・영수증 뒷면에 산줄기를 그림 → 왜?

용의자 세 명

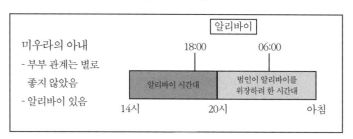

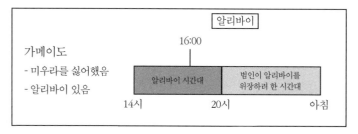

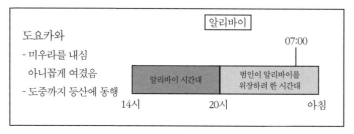

다음 날 점심시간, 이와타는 책상에 수첩을 펼쳤다. 수첩에
는 구마이에게 들었던 이야기를 정리해서 사건 개요를 적어
놓았다. 아무리 생각해도 제일 수상한 사람은 도요카와다. 하

지만 결정적인 증거가 없고, 구마이에게 듣기로는 동기도 약하다.

동기……. 어젯밤 이와타는 살해 동기에 관해 생각해보았다. 도요카와가 마음속에 원한을 꼭꼭 숨겨뒀던 건 아닐까. 미우라와 도요카와는 미술대학에서 처음 만나 20년도 넘게 친구로 지내왔다. 그동안 도요카와의 마음속에 미우라를 증오하는 감정이 싹텄고 열매를 맺었다……. 그럴 가능성은 없을까.

도요카와에게 이야기를 듣고 싶다. 취재해보고 싶다.

그때 뒤에서 구마이가 어깨를 탁 두드렸다.

"열심이로군."

"어제 알려주신 내용을 정리해봤습니다."

"그렇구나……. 그런데 그건 어쩌기로 했어? 회사를 그만두겠다고 했잖아……."

"아…… 조금만 더 다녀보려고요."

"응……. 그게 좋아. 요즘 같은 세상에 굳이 월급을 포기할 건 없어. 프리랜서 기자는 언제든지 될 수 있으니까. 서두를 필요 없겠지."

"저어, 그거 말인데요. 쉬는 날에 기자로 활동하는 건 상관없나요?"

"응?"

"회사에는 절대로 피해가 가지 않도록 하겠습니다. 회사와는 관계없이 어디까지나 개인적으로 미우라 선생님 사건을 추적해보고 싶어요."

"추적하다니……, 구체적으로 뭘 어쩌려고?"

"도요카와를 취재하고 싶어요. 미우라 선생님을 실은 어떻게 생각했는지, 직접 물어보고 동기를 알아내고 싶습니다."

구마이는 잠깐 생각한 후 진지한 표정으로 말했다.

"……회사에 비밀로 하면 문제는 없겠지. 하지만 난 반대야."

"어째서요……?"

"잘 들어. 체포는 되지 않았지만 도요카와는 범인일지도 모르는 자야. 그런 자에게 '사건을 조사 중입니다. 당신은 피해자에게 원한이 있었습니까?' 그딴 소리를 해봐. 사건이 파헤쳐질까 봐 두려워서 너한테 해코지할 위험성이 있어."

"……."

"기자는 위험한 직업이야. 그래서 저마다 자기 몸을 지킬 방법을 지니고 있지. 그건 간단히 익힐 수 없어. 경험이 필요한 법이야. 이와타. 넌 기자 경험이 없거니와, 사회인으로서도 아직 미숙해. 위험한 짓은 하지 않는 게 현명해."

"그건 압니다. ……그래도……."

"……뭐, 꼭 도요카와에게 이야기를 듣고 싶다면야, 잡담을 나누면 되지 않을까?"

"잡담이요?"

"도요카와는 예전에 미우라 씨의 도움으로 외부 강사 일을 했어. 매주 토요일에 미술부를 가르쳤지. 지금도 계속 강사로 일할 가능성은 있어. 넌 졸업생이잖아. 졸업생이 모교를 찾아가는 게 무슨 문제겠어? 기자가 아니라 어디까지나 일반인으로서 도요카와와 접촉하면 돼. 만날 이유는 적당히 만들어내. 그리고 잡담을 하면서 몰래 정보를 모으는 거야."

"그렇군요……."

"취재의 기본은 대화야. 일단 대화부터 시작해봐."

"……네. 감사합니다!"

***

다음 주 토요일, 이와타는 지하철로 30분이 걸리는 모교 근처 역에 내렸다. 학교 다닐 때는 할아버지 집에서 매일 버스로 통학했으므로 이 역을 이용해본 적은 거의 없지만, 역시 동네에서 그리운 분위기가 느껴졌다. 이와타는 학교를 향해 걸어갔다.

15분쯤 걷자 익숙한 목조 건물이 보였다. 운동장에서 연습하는 운동부의 목소리가 들렸다. 졸업하고 반년 만에 찾은 모교다. 이와타는 행정실에서 손님 명찰과 슬리퍼를 받아 교무실로 향했다.

복도에서 보이는 교실, 화장실, 계단…… 하나도 안 변했다. 하지만 이와타는 어쩐지 불편한 기분이었다. 반년 전까지 당연하게 드나들었던 곳이 지금은 마치 다른 세상 같다. '넌 이제 여기 사람이 아니야.' ……서늘한 학교 건물이 어른이 된 나를 거부한다. ……그런 감각이었다.

하지만 교무실에 들어가자 이와타는 환영받았다. 예전에 이와타를 가르친 교사 몇 명이 모여들었다.

"이와타! 오랜만이다! 잘 지냈어?"

"신문사에 들어갔다면서? 그럼 기자야?"

"어? 그럼 기자 회견장에도 가고 그래?"

이와타는 질문 공세를 웃음으로 받아넘기면서 안쪽 책상에서 사무작업을 하는 교사에게 걸어갔다. 미우라가 죽은 후 부임한 미술 교사 마루오카다. 미술부 담당도 이어받았다고 들었다.

파마머리에 멜빵바지라는, 교사치고는 약간 기발한 겉모습과 종잡을 수 없는 성격이 재미있어서 학생들은 마루오카를 '마루쌤'이라는 별명으로 부르며 잘 따랐다. 이와타는 미술 시간이 아니면 마루오카를 볼 일이 없었지만, 개성이 강한 그녀의 모습은 기억 속에 선명하게 남아 있었다.

"마루오카 선생님. 오랜만이에요. 작년까지 미술 수업을 들었던 이와타 슌스케예요."

"와! 오랜만이네. 아까 선생님들이 웅성웅성하던데, 기자가 됐다면서?"

"기자는 아니지만 신문사에서 일해요."

"이야, 대단한걸. 그런데 오늘은 어쩐 일로?"

"네. 좀 여쭤보고 싶은 게 있어서요. 예전에 도요카와 씨라는 분이 외부 강사로 미술부를 가르치셨을 텐데, 지금도 계신가요?"

"그만둔 지 꽤 됐어."

늦었다……. 이와타는 어깨를 축 늘어뜨렸다.

"도요카와 씨는 왜 그만두셨나요?"

"전근이 결정돼서 이사 가야 한댔어."

"어디로 이사 갔는지는 모르시고요?"

"음……. 잊어버렸네. ……아참, 가메 양은 알지도 모르겠다."

"가메 양?"

"도요카와 씨 후임으로 들어온 외부 강사."

"……혹시 미술부 소속이었던 가메이도 씨 말씀이세요……?"

"알아? 맞아, 걔야. 지금 미대생이라 아르바이트 삼아 매주 오지. 지금도 미술부 수업 중이야. 곧 끝날 텐데 만나볼래?"

"네……, 꼭이요!"

예상치 못한 우연이었다. 목표물인 도요카와는 놓쳤지만, 당시의 관계자를 만날 수 있는 건 행운이다. 이와타는 마루오카를 따라 미술실로 향했다. 마침 동아리 활동이 끝났는지 미술부원들이 줄줄이 나왔다. 스파르타식으로 가르치던 미우라가 없어져서 인원이 늘어난 것이리라. 미술부원들이 마루오카에게 인사했다.

"마루쌤! 즐주말 보내요!"

"응, 고생했다. 조심해서 들어가."

학생과 교사가 아니라 친구 사이 같은 대화다. 미우라한테 이렇게 무람없이 말했다가는 한 시간은 설교를 들어야 하리라. 이와타는 무심코 쓴웃음을 지었다.

미술실로 들어가자 젊은 여자가 붓을 씻고 있었다. 마루오카가 그 여자에게 말했다.

"가메 양! 신문기자 양반이 가메 양에게 물어보고 싶은 게 있대!"

허둥지둥 정정하려 했지만 이미 늦었다.

"그럼 이제 둘이서 실컷 이야기해." 마루오카는 그렇게 말하고 미술실에서 나갔다.

둘만 남은 미술실에 긴박한 분위기가 감돌았다. 가메이도가 미심쩍은 눈으로 이와타를 바라보았다. '신문기자'가 느닷없이 찾아왔으니 수상하게 여길 만도 하다. 이와타는 가메이도의 경계심을 풀기 위해 한껏 부드러운 웃음을 지었다.

"가메이도 씨, 갑자기 찾아와서 죄송해요. 저는 이와타 슌스케라고 합니다. 이 학교 졸업생이에요."

"졸업생⋯⋯?"

"네. 신문사에 다니기는 하지만, 취재하러 나온 건 아니고요. 어디까지나 개인적으로 가메이도 씨께 물어보고 싶은 게 있어요. 잠시 시간 괜찮을까요?"

"⋯⋯네. 일단 앉으세요."

두 사람은 커다란 나무 책상 앞에 마주 앉았다. 다시 보자 가메이도는 아주 예뻤다. 맑고 큰 눈에, 피부는 투명하리만치 뽀얗다. 뒤로 틀어 올린 검은 머리는 풀면 길게 찰랑거릴 것이다. 두 학년 선배라 안면은 없었지만, 같은 학교에 이런 미인이 있었나 싶어서 새삼 놀랐다.

"어, 예전에 외부 강사로 계셨던 도요카와 씨에 관해 물어보고 싶은데요. 도요카와 씨는 아시죠?"

"네. 학교 다닐 때 매주 수업을 들었으니까요."

"도요카와 씨는 본업 때문에 이사 가셨다고 들었는데, 지금 어디 사는지 아세요?"

"……후쿠이현으로 가셨다고는 들었는데…… 정확히 어딘지는 몰라요. 저기, 도요카와 씨한테 무슨 볼일이라도?"

"네……. 도요카와 씨한테 물어보고 싶은 게 있어서요."

"……혹시 미우라 선생님 일인가요?"

이와타는 가슴이 철렁했다.

신문사 사람이 도요카와에 대해 조사한다는 말을 듣고 미우라 살해사건을 연상하는 건 자연스러운 현상이다. 하지만 가메이도의 표정과 목소리에는 그 이상의 뭔가가 담겨 있었다. 섣불리 얼버무리기보다 솔직히 말하는 게 좋겠다고 이와타는 판단했다.

"네. ……사실 미우라 선생님은 제 은사세요."

"네?!"

"현재 개인적으로 미우라 선생님이 돌아가신 사건을 조사하는 중입니다. 오늘은 사건 관계자인 도요카와 씨께 직접 이야기를 들어보려고 온 거예요."

"그러셨군요……."

"가메이도 씨. 혹시 도요카와 씨에 관해 아시는 게 있으면, 뭐든지 좋으니 알려주시지 않겠어요?"

"……이런 말씀을 드려도 될지 모르겠지만……."

가메이도는 주변을 신경 쓰듯 작게 말했다.

"저는…… **도요카와 씨가 미우라 선생님을 죽였다고 생각해요.**"

***

충격적인 말이었다.

"……어째서요?"

"도요카와 씨 ……미우라 선생님을 지독하게 싫어했던 것 같더라고요."

"지독하게?"

"네. 사건이 발생한 후에 그렇다는 걸 알았죠. 당시 저는 토요일마다 도요카와 씨에게 디자인화 수업을 받았는데요. 미우라 선생님이 돌아가신 후부터 도요카와 씨가 수업 도중에 선생님 험담을 하더군요. 미우라에게 배운 건 전부 잊어버리라는 둥, 미우라는 어차피 공무원이니까 예술적 재능이 없다는 둥……. 마치 죽은 사람에게 매질하는 것처럼요."

"금시초문이네요……. 도요카와 씨가 자기 위주로 행동하는 미우라 선생님을 내심 아니꼽게 여겼다는 건 알고 있었는데요. 그렇다고 왜 선생님의 재능을 부정하는 말까지……?"

"아주 뿌리 깊은 사연이 있어요. 도요카와 씨는 어릴 적부터 그림 실력이 뛰어나서 미대에 수석 합격했고, 입학식 때 신입생 대표로 연설을 할 만큼 우수한 인재였대요. ……반면 미우라 선생님은 턱걸이로 아슬아슬하게 합격했다고 생전에 본인이 자주 우스갯감으로 삼았죠. 둘은 대학 동기지만, 도요카와 씨가 미우라 선생님에게 그림을 가르쳐주는 사제관계에 가까웠다고 들었어요."

"……전혀 몰랐네요."

"하지만 사회에 나온 후에 관계가 역전됐죠. 도요카와 씨는 졸업하자마자 도쿄의 디자인 사무소에 취직했지만, 업무가 생각했던 것과 달라서 회사 사람과 갈등을 빚다가 결국 몇 년 만에 그만뒀대요. 그리고 재취업하느라 고생할 때 도와준 사람이 미우라 선생님이었고요. 더구나 미술부 외부 강사 일까지 부업으로 소개해주고……. 자존심이 강한 도요카와 씨는 한때 본인이 가르치다시피 했던 상대에게 굽신거리는 신세가 된 게 너무 분했던 것 아닐까……, 돌이켜보니 그런 생각이 드네요. ……마지막은 제 억측이지만요."

"아니요, 정말로 참고가 됐습니다. ……그나저나 도요카와 씨에 대해 잘 아시는 것 같은데, 미술부 수업 외에도 도요카와 씨와 접점이 있었어요?"

"네. ……미우라 선생님 댁에서 자주 같이 밥을 먹었어요."

"네?! 선생님 댁에서요?"

"네. 사건이 발생한 후로 선생님 댁에 자주 찾아갔거든요. 가장이 돌아가셨으니 여러모로 힘들겠다 싶어서 식사 준비를 돕거나 아이를 돌봐주러 가곤 했죠."

이와타는 의아했다. 가메이도가 동아리 활동을 하면서 담당 교사 미우라에게 도움을 받기는 했겠지만, 그렇다고 학생이 죽은 교사의 유족을 위해 그렇게까지 할까. 더구나 가메이도는 미우라를 싫어했을 텐데…….

"그럴 때 도요카와 씨가 자주 찾아오셨어요. 도요카와 씨는 매번 고기니 생선 같은 식료품을 많이 사오셨죠."

"이야. 미우라 선생님을 험담하면서도 가족은 챙겨준 거군요."

"아니요……. 그게…… 도요카와 씨에게는 목적이 따로 있었어요."

"목적?"

"도요카와 씨가 음흉한 눈빛으로 미우라 선생님의 부인에게 추근거리는 걸 몇 번 봤거든요."

"정말입니까……?!"

"네. 부인은 몹시 겁먹었고요……. 저는 어쩌면 좋을지 몰

202

라서……."

도요카와의 천박한 본성이 점점 드러났다. 도요카와에게
품은 의혹이 강해지는 한편으로, 이와타는 가메이도에게도
의문을 품기 시작했다.

"가메이도 씨. 귀한 시간 내주셔서 감사합니다. 마지막으
로…… 한 가지만 더 물어볼게요. 가메이도 씨는 미우라 선생
님을 어떻게 생각하셨어요?"

"어떻게……라니요?"

"사건 당시 취재에 응한 가메이도 씨는 '미우라 선생님을 싫
어했다'고 말씀하셨을 겁니다. 그런데 미우라 선생님의 가족
을 도와주고…… 부인을 걱정하고…… 왜 그렇게까지?"

가메이도는 고개를 숙인 채 머뭇머뭇 말을 꺼냈다.

"좋아했거든요."

"……네?"

"저는 미우라 선생님을 좋아했어요. ……어, 하지만 '싫다'
고 한 것도 결코 거짓말은 아니고…… 많이 혼난 데다 싫은
점도 수두룩했지만…… 그렇게 육친처럼 살갑게 대해주는 사
람은 또 없어서……."

너무나 예상외의 말이 가메이도의 입에서 쏟아졌다.

"저는 부모와 사이가 안 좋아서…… 늘 서로 무시하며 지냈죠. 그 때문인지 미우라 선생님이 부모처럼 느껴졌어요. 그래서 반항도 한 거고, 끔찍하게 싫어진 적도 있었지만…… 선생님이 돌아가시자 몸의 일부가 떨어져 나간 것처럼 고통스러워서……. 며칠이나 펑펑 울고……. 분명 저는 미우라 선생님께 좋아하는 것 이상의 감정을 품고 있었을 거예요."

"……사랑했다는 말씀이세요?"

"……그럴지도 모르죠. 하지만 당시는 그런 제 감정이 부끄러워서 들키고 싶지 않은 마음에…… 경찰 조사나 취재 때는 일부러 싫어하는 티를 낸 거예요. 그렇게라도 하지 않으면 온갖 기분이 넘쳐나서 제정신으로 못 버틸 것 같아서……. 지금도 선생님을 생각하면……."

가메이도는 벌게진 얼굴로 눈물을 터뜨렸다. 이와타는 당황스러우면서도 어째선지 위안을 얻은 기분이기도 했다.

돌이켜보면 미우라가 죽었을 때 우는 학생은 한 명도 없었다. 그게 '미우라 요시하루'라는 교사에 대한 학생들의 평가였으리라. 어느 날 반 친구 중 한 명이 이렇게 말했다.

"툭하면 잔소리를 늘어놓는 놈이 사라져서 속이 시원하네."

……대놓고 동조하는 사람은 없었지만, 학생들이 대부분 그렇게 생각한다는 걸 분위기로 알 수 있었다.

이와타는 고독감을 맛보았다. 이 세상에서 미우라의 죽음을 슬퍼하는 사람은 나 혼자가 아닐까…… 하는 기분마저 들었다. 그래서 지금, 자기 앞에서 눈물을 흘리는 가메이도가 처음으로 만난 동지처럼 느껴졌다.

"가메이도 씨. 오늘 정말 감사합니다. 제게도 미우라 선생님은 제일가는 은사세요. 저 말고도 미우라 선생님의 죽음을 애도하는 사람을 만나서 정말 기쁘네요."

"저도요……."

"아참. 실은 이번 달 20일에 K산에 오를 계획이에요. 미우라 선생님 기일에 위령 행사로 등산을 하는 거죠. 혹시 시간 있으면 같이 안 가실래요?"

"감사합니다……. 하지만 그날은 꼭 들어야 하는 강의가 있어서……."

"아아……. 그럼 어쩔 수 없죠."

"생각해서 제안해주셨는데 죄송해요. 저기…… 만약 내년에도 가신다면 그때는 같이 가죠."

"네, 물론이죠. ……그렇지. 일단 제 명함을 드릴게요. 무슨 일 있으면 연락 주세요."

"감사합니다. 그럼 저도 명함을 드릴까요……?"

"어? 학생인데 명함이 있나요?"

"네. 학교 과제로 만들었어요. 좀 창피하지만…… 여기요."

가메이도가 예쁜 디자인의 명함을 내밀었다.

색색의 꽃 일러스트 옆에 한자와 알파벳으로 이름이 적혀 있었다.

亀戸由紀(가메이도 유키)

YUKI KAMEIDO

***

이와타는 감사를 표하고 의자에서 일어났다.

그때 미술실 구석에 그림 한 장이 있다는 사실을 알아차렸다. 나무 이젤에 세워놓은 고양이 그림이다. 어째선지 캔버스 전체에 작은 구멍을 같은 간격으로 많이 뚫어놓았다.

"가메이도 씨. 저 그림은 뭔가요?"

"아아! 구멍 때문에 그러시는 거군요. 저건 눈이 보이지 않아도 그림을 그릴 수 있는 캔버스예요."

"눈이 보이지 않아도?"

"네. 지금 미술부에 전맹인 학생이 있는데, 그 아이를 위해 마루오카 선생님이 고안하신 거예요. ……이와타 씨, 눈을 감고 그림을 그려보신 적 있어요?"

"아니요……, 없는데요."

"후쿠와라이(*얼굴 윤곽을 그린 종이에 눈을 감은 채 눈, 눈썹, 코, 입, 귀 모양의 종이를 올려놓는 놀이)를 생각해보면 알겠지만, 앞이 보이지 않는 상태로 수작업하기는 아주 힘들어요. 특히 그림은 더 그래서, 캔버스의 어디에 선을 그으면 될지조차 모를 지경이죠. 하지만 캔버스에 구멍을 뚫어놓으면 손가락으로 위치를 확인할 수 있으니까, 구멍 위치를 참고하며 선을 그을 수 있어요.

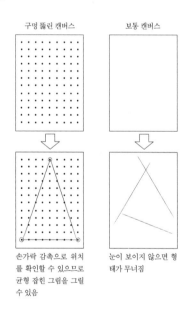

예를 들어 왼쪽 제일 아래 구멍, 오른쪽 제일 아래 구멍, 한

가운데 제일 위쪽 구멍을 연결하면 삼각형을 그릴 수 있죠. 눈이 보이지 않아도 머릿속 이미지를 캔버스에 꺼내놓을 수 있는 거예요. 그 학생은 이 캔버스를 이용해 사람 그림이나 동물 그림 등 여러 가지 그림을 그리는 연습을 하고 있어요."

"그렇군요…… '손가락의 감촉에 의지해 그림을 그린다' 그건가……."

그때 이와타의 뇌리에 섬광이 번쩍였다.

내내 마음에 걸렸던 의문과 '구멍 뚫린 캔버스'가 맞물렸다.

미우라의 그림에 남아 있었던 접힌 자국. 그건 '구멍'과 똑같은 역할 아니었을까.

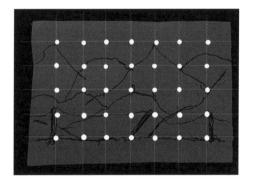

종이를 가로세로로 촘촘하게 접으면 종이에 수많은 점이 생긴다. 미우라는 보조선을 그은 것이 아니라, 점을 찍으려고

한 것이 아닐까. 전맹인 미술부원을 위해 구멍 뚫린 캔버스를 만든 마루오카와 똑같은 발상…… **눈이 보이지 않아도 그림을 그릴 방법을 궁리한 게 아닐까.**

이 생각이 맞는다면 미우라는 눈이 보이지 않는 상태로 그 그림을 그렸다는 뜻이다.

하지만 이상하다.

예를 들어 범인이 눈가리개 등으로 미우라의 눈을 가렸다면, 당연히 **산줄기가 보이지 않을 테니 따라 그릴 수 없다.** 적어도 미우라의 눈에 산줄기가 보였던 셈이다. 하지만 손 언저리는 보이지 않았다……. 대체 어떤 상황이었을까……?

이와타는 열심히 생각했다. 그리고 한 가지 결론에 도달했다.

어쩌면 양손이 뒤로 묶인 상태 아니었을까.

'범인은 미우라 선생님의 몸에서 자유를 빼앗았어. 선생님은 양손이 뒤로 묶인 상태에서 호주머니에 든 영수증과 볼펜을 꺼내 그림을 그리려고 했지. 하지만 손 언저리가 보이지 않으니까 못 그려. 그래서 영수증을 접어서 점을 만들고, **손가락 감촉으로 점의 위치를 확인하며 더듬더듬 그린 거야.**'

그렇다고 해도 의문은 남는다.

과연 손이 묶인 채 그림을 그릴 수 있을까.

가능하더라도 어떻게 범인에게 들키지 않고 끝까지 그릴 수 있었을까.

애당초 그런 상태로 그림을 그린 미우라의 목적은 뭐였을까.

아직 모르는 점이 산더미처럼 많다. 그래도 돌파구를 찾아낸 기분이었다.

***

9월 20일 아침. 이와타는 새 텐트와 침낭, 그리고 스케치북을 배낭에 넣고 기숙사를 나섰다. 원래는 당일치기 예정이었지만, 때마침 이틀 휴가를 얻은 걸 계기로 1박 2일 캠핑으로 계획을 바꾸었다. 그때 이와타는 한 가지 목표를 세웠다.

바로 **사건 당일의 완벽한 재현**……. 미우라가 취한 행동을 시간표에 맞춰 따라 하는 것이다. 미우라가 그날 어떤 광경을 보았는지, 이와타는 자기 눈으로 직접 확인하기로 했다.

사건 당일 미우라의 행동

07:40 집에서 출발
07:50 학교에 도착
08:00 수업 시작
13:00 학교를 출발
13:10 역 앞에서 도요카와와 만나
　　　슈퍼에서 식료품 구입
13:30 K산에 도착, 등산 시작
14:30 4부 능선 광장에 도착, 식사 후
　　　스케치
15:30 도요카와와 헤어져 등산 재개
16:00 6부 능선 부근에서 마지막으로
　　　목격됨
17:00~ 8부 능선 광장에 도착

13시경, 역에 도착해 근처 슈퍼에서 식료품을 구입한다. 단 팥빵과 돈가스 샌드위치, 그리고 '하나야기 도시락'이다. 그 후 택시를 타고 K산으로 향한다. 13시 30분이 되기 조금 전에 산기슭에 도착했다. 거의 시간표대로다.

9월 중순치고는 웬일로 땀이 밸 만큼 쾌청한 날씨여서인 지, 나들이 나온 사람이 제법 많다. 이와타는 손목시계를 확 인하며 산을 올랐다.

완만한 등산로를 한 시간쯤 걷자 첫 번째 휴게소인 4부 능 선 광장에 도착했다. 테이블 여섯 개는 이미 등산객으로 꽉

찼다. 이와타는 하는 수 없이 나무 그루터기에 앉아 아까 슈
퍼에서 구입한 '하나야기 도시락'을 열었다.

"이와타. 이거 알아? 역 앞 슈퍼에서 파는 '하나야기 도시락'
이라는 건데, 선생님은 이걸 좋아해서 매일 사먹어. 넉넉하게
샀으니까 가져가서 할아버지랑 같이 먹으렴."

미우라는 그렇게 말하고서, 매일같이 '하나야기 도시락'을
두 개 들려 보냈다. 단맛 나는 식초를 뿌린 동그랑땡. 큼직하
게 썰어서 튀긴 채소. 매실 절임이 얹힌 밥. 그 시절과 다름없
는 맛이었다.

점심을 먹은 후 배낭에서 스케치북과 연필을 꺼냈다. 그날
미우라는 여기서 그림을 그렸다. 이와타는 그림 실력이 시원
찮지만, 사건 당일을 완벽하기 재현하려면 어물어물 넘어가
서는 안 된다.

일단 나무 밑동에 핀 꽃을 그려보았다. 하지만 생각처럼 잘
그려지지 않았다. 30분 넘게 낑낑댄 끝에, 지지리도 형편없는
그림이 완성되었다.

"역시 예술은 적성이 아니네⋯⋯." 이와타는 작게 중얼거리
고 스케치북을 덮었다.

손목시계를 보자 15시 20분이 막 지났다.

그날 미우라가 여기서 출발한 건 15시 30분경. 원래 같으면

10분 더 기다려야 한다. 하지만 조금 불안했다. 미우라와 달리 이와타는 등산에 익숙지 않다. 이 산에 와본 것도 어렸을 때 이후로 처음이다. 어쩌면 17시까지 목적지인 8부 능선에 다다르지 못할지도 모른다. 만약을 위해 여유 있게 출발해야 하지 않을까. 너무 빠르면 도중에 얼마든지 페이스를 조절할 수 있다.

이와타는 스케치북을 배낭에 넣고 4부 능선 광장을 뒤로했다.

***

이와타의 판단은 옳았다.

6부 능선에 도착했을 때 이미 16시가 지났다. 시간에 맞춰 출발했다면 분명 늦어졌으리라. 역시 미우라와 비교하면 걸음이 느리다.

이와타는 멈춰 서서 수통의 물을 마셨다. 하늘을 올려다보자 서쪽이 희미하게 오렌지색으로 물들었다. 이미 노을이 지기 시작했다. 이제부터 좀 더 서둘러야 늦지 않는다. 이와타는 빠른 걸음으로 등산로를 올랐다.

6부 능선을 지나자 길이 갑자기 험해졌다. 로프를 쳐놓아서 길을 잃을 염려는 없지만, 비포장이라 걷기가 너무 힘들다. 작은 동물만 한 크기의 울퉁불퉁한 돌이 널려 있어서, 방심하면 넘어지기 딱 좋다. 처음 보는 기분 나쁘게 생긴 벌레도 여기저기 많았다.

이와타는 좌절할 것 같은 기분을 추스르며 계속 걸음을 옮겼다. 한 시간쯤 지나자 드디어 '8부 능선 광장' 간판이 보였다. 진심으로 안도했다. 17시 조금 전. 서두른 보람이 있어서 간신히 예정대로 도착했다.

8부 능선 광장은 어린이 공원만 한 넓이의 공터였다. 4부 능선 광장과 달리 벤치 같은 설비는 일절 없으므로 텐트를 칠 공간이 넉넉하다.

캠핑에는 적격이지만, 이와타 말고 다른 캠핑객은 없었다. 그럴 만도 하다. 여기는 몇 년 전에 살인사건이 발생한 곳이니까.

이와타는 무거운 배낭을 내려놓고 기지개를 켰다.

역 앞 슈퍼에서 받은 영수증을 호주머니에서 꺼냈다. 미우라는 죽기 직전, 어째선지 여기서 보이는 산줄기의 그림을 그렸다. 그 행동을 따라 하면 미우라의 의도를 이해할 수 있을지도 모른다.

이와타는 연필을 꺼내고 서쪽으로 눈을 돌렸다. 이제 미우라가 사랑했던 아름다운 산줄기의 경치가 보일…… 터였다.

하지만 이와타의 눈앞에는 믿기 어려운 광경이 펼쳐졌다.

'그 그림과……달라.'

저녁놀이 진 하늘 아래, 산줄기는 시커먼 덩어리로 변했다.

이와타는 한순간 혼란스러웠지만, 이유를 바로 알아차렸다. **역광**이다.

이 시기의 일몰 시간은 17시 30분경이다. 그리고 지금은 17시. 해가 지기 30분 전이니 낙조가 절정일 때다.

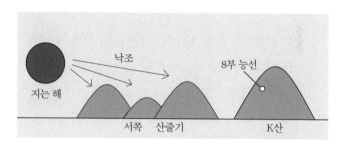

산줄기는 K산의 서쪽에 위치한다.

서쪽으로 기울어지는 해는 산들 뒤쪽에서 강렬한 빛을 내뿜는다. K산의 8부 능선에서는 그 역광 때문에 산줄기가 어두워 보인다. 낮이라면 위에서 햇빛이 비쳐서 산의 표면까지 선명하게 보이리라. 하지만 이 시간대는 능선이 어느 쪽으로 뻗어 있는지조차 구분이 안 된다.

이와타는 미우라가 그린 그림을 떠올렸다.

그 그림에는 각 산의 능선뿐만 아니라 산 위에 위치한 송신탑 두 개도 그려져 있었다. 아무리 생각해도 이 시간대에 그렇게까지 선명하게 보일 리 없다. 사건이 일어난 건 3년 전 오늘. 일몰 시간은 거의 동일하다. 여기서 보이는 풍경도 거의 같았을 것이다.

'혹시 선생님은 좀 더 일찍…… 아직 밝은 시간대에 8부 능선에 도착한 걸까?'

한순간 번쩍 떠오른 생각을 바로 떨쳐냈다. 그럴 리 없다.

이와타는 미우라보다 10분 일찍 4부 능선을 출발한 데다 도중부터 속력을 높여서 걸었다. 그보다 더 서두르려면 뛰는 수밖에 없다. 미우라가 아무리 등산에 익숙한들 무거운 짐을 지고 산길을 뛰어오르는 건 상상도 안 된다. 게다가 6부 능선부터는 험한 비포장 길이다. 거기서 뛰었다간 넘어질 게 뻔하다.

역시 미우라가 여기 도착한 건 지금 시간대이거나, 더 나중이다.

그렇다면 어떻게 그 그림을 그린 걸까.

***

잠시 후 해가 산 너머로 가라앉자 주변 일대가 침침해졌다. 이와타는 일단 생각을 중단하고 캠핑을 준비하기로 했다. 텐트를 친 후, 안으로 들어가서 건전지식 전등을 켜고 슈퍼에서 산 단팥빵과 돈가스 샌드위치를 꺼냈다.

미우라는 뭘 저녁으로 먹을 생각이었을까. 소비 기한을 보자 돈가스 샌드위치 포장지에는 '9월 20일 오후 10:00'이라고 적혀 있었다. 오늘 밤 10시까지다. 한편 단팥빵은 이번 주말까지 괜찮다. 그렇다면 돈가스 샌드위치를 밤에 먹고, 더 오래가는 단팥빵을 아침으로 먹으려고 했을까.

이와타는 포장지를 뜯고 돈가스 샌드위치를 하나 집어서 입에 넣었다. 맛이 별로 없었다. 산 위에서는 미각이 둔해진다는데 그 때문일까.

물통의 물을 벌컥벌컥 마시면서 돈가스 샌드위치도 같이 삼켰다.

그때였다.

이와타의 머릿속에서 불꽃이 파박 튀었다.

"설마…… 그런 거였나……?!"

충격이 몸 전체를 내달렸다. 심장이 요동쳤고, 온몸에 소름이 돋았다.

'끔찍하게 훼손된 시체', '도난당한 식료품', '영수증 뒷면의 그림'. ……모든 요소가 하나로 이어졌다…….

"그렇구나……. 그래서 미우라 선생님은 산줄기 그림을 그린 거야."

***

이와타는 텐트 밖으로 나와서 서쪽을 바라보았다. 산줄기는 이미 어둠에 녹아들어 시야에서 완전히 사라졌다.

하지만 앞으로 열 몇 시간만 지나면 해가 떠서 산줄기가 다시 모습을 드러내리라. 경찰도, 구마이도, 그리고 이와타도 너무나 치명적인 착각을 했다.

미우라는 아침 햇살에 비친 산줄기를 그린 것이다.

미우라가 그 그림을 그린 이유는 단 하나.

'자신은 아침까지 살아 있었다.' ……그 사실을 전하고 싶었기 때문이 아닐까.

부검 결과 미우라는 9월 20일 17시경에 사망한 것으로 추정됐다. 가령 미우라가 다음 날 동틀 녘까지 살아 있었다면, 경찰은 사망추정시각을 열 시간도 넘게 오판한 셈이다. 우수한 일본 경찰이 그런 실수를 저지를 리 없다.

하지만 만약 범인이 무슨 트릭을 사용해 의도적으로 열 시간 이상의 오차를 만들어냈다면 어떨까. 이와타는 그 트릭을 알아차렸다.

예전에 구마이에게 들은 말이 힌트였다.

"시체 손상이 심해서 부검에 난항을 겪긴 했는데, 다행이랄까 위장에서 소화되지 않은 음식물이 검출됐지. '하나야기 도시락'의 내용물과 동일했대. …… 음식물이 소화된 상태를 보면 …… 미우라 씨는 식사하고 약 두 시간 30분 후에 사망한 걸로 추정됐어."

그리하여 경찰은 미우라가 4부 능선에서 식사하고 두 시간 30분 후에 사망했다고 판단했다. 하지만 이걸 역이용하면 사망추정시각을 위장할 수 있지 않을까.

시나리오는 이렇다.

17시경 8부 능선 광장에 도착

▼

텐트를 치고 저녁을 먹음

▼

침낭에 들어가서 취침

▼

동튼 후 범인이 8부 능선에 도착

▼

미우라를 제압하고 억지로
'하나야기 도시락'을 먹임

▼

그 후 살해

미우라는 3년 전 오늘, 17시경에 여기 도착해 텐트를 치고 저녁(아마 돈가스 샌드위치)을 먹었다. 그 후 침낭에 들어가서 잠들었다. 범인이 현장에 나타난 건 **다음 날 동이 튼 후.** 잠에 취한 미우라를 텐트 밖으로 끌어내 침낭을 벗기고 양손을 뒤로 묶었다. 그다음 가져온 '하나야기 도시락'을 **억지로 입에 넣고 물과 함께 삼키게 했다. 그리고 두 시간 30분 후 살해했다.**

이러면 시체에서는 먹은 지 두 시간 30분이 지난 '하나야기 도시락'이 검출되므로, 사망추정시각이 열 시간 넘게 앞당겨진다. 이 시간을 이용하면 얼마든지 알리바이를 만들 수 있다. 미우라가 매일 '하나야기 도시락'을 먹는다는 건 그의 지인이라면 누구나 아는 사실이었다. 도시락은 역 앞 슈퍼에서

늘 판다. 준비하기는 간단했으리라.

　단순한 트릭이다. 사실 이와타는 이 트릭을 알고 있었
다⋯⋯. 엄밀하게 말하면 읽은 적이 있었다.
　'피해자에게 억지로 음식물을 먹여서 사망추정시각을 속인
다.'⋯⋯수많은 추리소설에서 사용된 고전적인 트릭이다.
　하지만⋯⋯ 아니, 그렇기에 지금까지 이 트릭에 생각이 미
치지 못했다. 그럴 리 없다며, 어처구니없는 생각이라며 애초
부터 그 가능성을 제외했다.
　이 수법은 어디까지나 픽션에서만 성립할 뿐, 현실 세계에
서는 그런 짓을 해봤자 경찰을 못 속인다.
　왜냐하면 '위장에 남은 음식물' 말고도 사망추정시각을 알
아낼 방법이 많기 때문이다.
　그중 하나가 사후경직이다. 인간이 사망하면 온몸의 근육
이 서서히 굳어진 후 다시 풀린다. 그 속도는 거의 일정하다.
즉, 시체가 얼마나 경직됐는지를 보고 사망시각을 역산할 수
있다.
　그 밖에도 각막이 얼마나 혼탁해졌는지 조사하는 방법, 정
체된 혈류를 조사하는 방법 등, 사망시각을 추정하는 방법은
다양하다. 위장에 남은 음식물은 그중 하나에 불과하다.

그래서다.

그래서 범인은 미우라의 시체를 끔찍하게 훼손한 것이다.

"시체 손상이 심해서 부검에 난항을 겪긴 했는데, 다행이랄
까 위장에서 소화되지 않은 음식물이 검출됐지."

바꿔 말하면 시체 손상이 너무 심해서 '위장 속의 소화되지
않은 음식물' 말고는 사망시각을 추정할 단서가 없었다는 뜻
이다. 그리고 그것이야말로 범인의 작전이었다.

온몸을 200군데도 넘게 찌르고 때려서 '간신히 인간 형태를
유지한 뭔가'가 될 때까지 파괴한 건, 위장 속 음식물 이외의
단서를 없애기 위해서였다. 경찰은 그러한 범인의 의도를 '극
심한 원한'으로 오인하고 말았다.

그리고 이 시나리오대로라면 침낭을 도둑맞은 진짜 이유도
알 수 있다.

미우라는 20일 밤, 텐트를 치고 침낭에 들어가서 하룻밤을
보냈다. 침낭과 텐트를 현장에 남겨두면 미우라가 밤을 보냈
다는 사실이 들통나므로 트릭은 무용지물이 된다. 간이 텐트
는 해체해서 원래대로 돌려놓으면 그만이지만, 침낭은 아무
래도 사용한 흔적이 남는다. 그래서 가지고 간 것이다.

식료품을 훔친 것도 같은 이유이리라. 미우라는 20일 밤, 아마도 돈가스 샌드위치를 먹었을 것이다.

가령 자정에 먹었더라도 동틀 무렵에는 위장이 텅 빈 상태가 된다. 부검해도 검출될 리 없다.

하지만 현장에서 돈가스 샌드위치만 사라지면 '미우라는 저녁으로 돈가스 샌드위치를 먹었다'='현장에서 밤을 보낸 것 아닐까'라는 가능성이 부각된다. 그래서 **단팥빵을 훔쳤다**. 식료품이 전부 없어지면 경찰은 '범인이 훔쳤다'고 받아들인다. 범인은 자기가 원하는 대로 경찰을 유도하려 한 것이다.

***

미우라가 산줄기 그림을 그린 건 범인의 알리바이 공작을 무너뜨리기 위해서였다.

분명 억지로 음식물을 먹일 때 범인의 계획…… 사망추정 시각을 위장하려 한다는 걸 알아차렸으리라. 그래서 뒤로 묶인 손으로 호주머니에서 펜과 영수증을 꺼내, 범인에게 들키지 않도록 신중하게 메시지를 남기려고 했다.

미우라는 고심했을 것이다. 대체 뭐라고 써야 할까. 범인의 이름을 쓰거나 트릭을 구체적으로 설명하면, 메모가 범인의 눈에 띄었을 때 처분될 우려가 있다. 그래서 들켜도 처분되지 않을 만큼 간접적이면서도 결정적인 메시지를 생각해냈다. 그게 바로 산줄기 그림이었다.

'나는 아침까지 살아 있었다.' ……미우라는 그 사실을 알리고 싶었으리라.

범인이 미우라의 바람대로 그림을 현장에 남겨놔도 문제없다고 판단한 건지, 아니면 그냥 그림이 있는 줄 몰랐던 건지는 모르겠다. 어쨌든 결과적으로 그림은 경찰의 손에 들어갔다. 하지만 아무도 그림에 담긴 의미를 알아차리지 못했다.

***

그럼 범인은 누구일까.

요즘은 오전 5시 30분경에 동이 튼다. 오전 9시에 시체가 발견됐으니 그 사이에 범행을 저지른 셈이다.

왕복 시간도 포함하면 아침 6시에 알리바이가 있는 미우라의 아내, 그리고 오전 7시에 알리바이

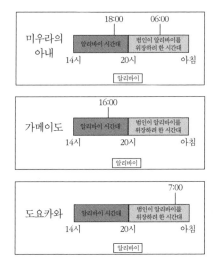

가 있는 도요카와는 범행이 불가능하다. 그렇다면…… 남은 사람은 하나뿐이다.

가메이도 유키.

이와타는 등골이 오싹했다.

미술실에서 구슬프게 울던 가메이도의 모습이 기억에 생생하건만.

"저는 미우라 선생님을 좋아했어요."

그 말은 전부 거짓말이었나. 역시 구마이가 취재했을 때 했던 말이 가메이도의 본심이었던 건가. 정말 싫어해서 죽인 건가…….

……아니다, 꼭 그렇게 볼 수는 없다. 좋아하니까 죽였다. 그랬을 가능성도 있다. 교사와 학생…… 이루어질 수 없는 사랑이다. 그렇다면 차라리…… 진부한 드라마 같지만, 사람이 사람을 죽이는 동기는 대부분 시시하고 하잘것없다……. 그런 말도 들어봤다.

그렇더라도 커다란 의문이 남는다.

가메이도는 몸집이 작은 여자다. 게다가 당시에는 고등학교 3학년. 성인 남자를 제압해 억지로 도시락을 먹인 후 죽인다는, 험하고 힘든 일을 할 수 있을까…….

……하기야 여기서 아무리 고민한들 소용없다. 지금 당장이라도 하산해서 이 사실을 경찰에 알려야 한다. 하지만 이미 해가 져서 주변은 새까만 암흑에 휩싸였다.

지금 산을 내려갈 용기는 나지 않았다.

살이 에일 듯한 찬 바람이 불어왔다. 산속의 밤은 춥다. 밤 사이에 기온이 더 떨어지리라. 이와타는 텐트에 들어가서 배낭 속 침낭을 꺼내 몸을 푹 감쌌다.

밤이 깊어갈수록 바람이 거세지며 요란한 소리를 내기 시작했다. 사방팔방에서 벌레 소리가 기묘한 소음처럼 울려 퍼졌다. 밤을 맞이한 산이 이렇게 으스스한 줄은 몰랐다. 이와타는 빨리 잠들려고 눈을 꼭 감았다.

***

몇 시간이나 지났을까. 어느덧 잠들었던 모양이다.

눈을 뜨자 아직 캄캄했다. 텐트 밖에서는 여전히 요란한 바람 소리와 벌레 소리가 들렸다. 이와타는 시간을 확인하려고 얼굴 옆에 놓아둔 손목시계에 손을 뻗으려고 했다.

그때 이상하다는 걸 깨달았다.

손이 움직이지 않는다. 두 팔이 '차렷' 자세로 굳어버렸다.

하반신도 두 다리가 서로 딱 붙어서 떨어지지 않는다.

'……가위에 눌렸나?'

이와타는 어렸을 때 자주 가위에 눌렸다. 하지만 당시 체험했던 가위눌림과는 뭔가 달랐다.

어째선지 손은 자유로이 움직인다. 그뿐만이 아니다. 목, 눈, 입도 움직여진다. 움직이지 않는 건 팔과 다리뿐이다.

이건 가위눌림이 아니다. 그럼 대체 몸이 어떻게 된 걸까.

잠기운이 물러가자 몸에 느껴지는 감각도 뚜렷해졌다. 팔과 다리에 묘한 압박감이 느껴졌다. 일부분을 꼭 묶어놓은 듯한 느낌……. 이와타는 몸에 무슨 일이 일어났는지 이해했다.

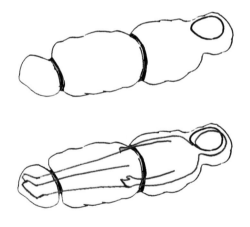

끈 같은 물건을 사용해 침낭 위로 몸을 꽁꽁 동여맨 것이다. 그렇게밖에 생각할 수 없었다. 하지만 무슨 상황인지는 이해가 가지 않았다. 여기는 산의 8부 능선이다. 이와타 말고는 아무도 없을 것이다.

잠시 후 눈이 어둠에 익숙해졌다. 텐트 내부가 어렴풋이 보였다. 이와타는 고개를 움직여 주변을 둘러보았다. 발 쪽으로 시선을 향했을 때…… 심장이 얼어붙었다.

누군가 있다.

발 옆에 누군가 앉아 있었다. 얼굴은 잘 보이지 않는다. 하지만 몸집이 작고 머리가 길다는 건 알겠다. 여자다. ……온몸에서 핏기가 가셨다. 생각났다.

오늘 여기 온다는 걸 가메이도 유키에게 말했다.

갑자기 여자가 양손을 높이 쳐들었다. 손에 뭔가 쥐고 있다. 작은 동물만 한 크기의 울퉁불퉁한 물체. 여기로 올 때 등산로에 널려 있었던 돌이다. 다음 순간, 여자가 돌로 이와타의 다리를 내리쳤다.

뻐어어어억.

둔탁한 소리와 함께 종아리에 심한 통증이 느껴졌다. 이와타는 고래고래 비명을 질렀다.

여자가 또 양손을 높이 쳐들었다가 사정없이 아래로 휘둘렀다.

뻐어어어억.

다리 속에서 '까릭' 하고 소리가 났다. 뼈가 손상됐다. 아파서 숨이 멎을 것만 같았다.

이와타는 묶인 온몸을 버둥거려서 최대한 저항했다. 그러자 여자가 몸을 깔고 앉았다. 그리고 돌로 다리를 마구 내리쳤다.

뻐어어어억뻐어어어억뻐어어어억뻐어어어억뻐어어어억
뻐어어어억뻐어어어억뻐어어어억뻐어어어억뻐어어어억뻐
어어어억뻐어어어억뻐어어어억뻐어어어억뻐어어어억뻐어
어어억뻐어어어억뻐어어어억뻐어어어억뻐어어어억뻐어어
어억뻐어어어억뻐어어어억뻐어어어억뻐어어어억뻐어어어
억뻐어어어억뻐어어어억뻐어어어억뻐어어어억뻐어어어억
뻐어어어억뻐어어어억뻐어어어억뻐어어어억뻐어어어억뻐
어어어억뻐어어어억뻐어어어억뻐어어어억.

끊임없이 몰려오는 심한 통증에 이와타는 숨도 못 쉴 지경이었다. 허파에 공기가 들어가기는 할까 싶을 만큼 얕은 호흡을 필사적으로 되풀이했다. 산소가 모자라서 눈앞이 새하얘졌다. 통증과 숨 막힘을 견디다 못해 곧 의식이 멀어졌다.

***

깨어나자 하늘에 총총한 별들이 눈에 들어왔다. 차가운 바람이 뺨을 때렸다. 이와타는 자신이 바깥에 있다는 걸 깨달았다. 기절한 사이에 텐트에서 끌어냈으리라.

달아나야 한다……. 하지만 몸이 움직이지 않았다. 다리가 전혀 말을 안 듣는다. 아프지는 않았다. 하지만 감각도 상실했다. 이제는 자신의 다리라기보다 **몸에 붙은 쇠막대 두 개 같았다.**

다리는 포기하고 상반신을 일으키려고 시도했다. 하지만 역시 움직이지 않았다. 배에 부드러운 고깃덩이가 얹혀 있는 듯한 느낌이 들었다. 여자가 몸에 올라탄 것이다.

공포와 절망을 맛보면서도 이와타는 묘하게 납득했다.

가녀린 소녀가 어떻게 미우라를 죽일 수 있었는가를. 미우라가 **침낭에 들어가 있었기 때문이다.** 침낭은 몸을 자유롭게 움직이기 힘든 구조다. 그 위로 몸을 꽉 동여매면 별로 힘들이지 않고도 움직임을 원천 봉쇄할 수 있다.

동시에 수수께끼가 하나 더 풀렸다. 미우라는 이 상태로 그림을 그렸다. 묶인 상태에서도 겨우 움직이는 손으로, 침낭 속에서 필사적으로 펜을 놀려 그림을 완성한 것이다. 손은 침낭 속에 있으므로 밖에서는 보이지 않는다. 그래서 범인에게 들키지 않고 메시지를 남길 수 있었다.

그때 머리 위쪽에서 여자 목소리가 들렸다.

"이와타 씨……랬나? 심한 짓을 해서 미안해."

이와타는 그 목소리에서 위화감을 느꼈다.
'아니야……. 가메이도의 목소리는 이렇지 않았어.'

"당신은 잘못 없어. 하지만."

역시 아니다. 가메이도의 목소리는 좀 더 높고 활기가 있었다.
……지금 몸에 올라타 있는 이 여자는 대체 누구지…….

"남편 사건을 파헤치려고 하니까……."

'남편'…… 설마…….

그것도 이상하다. 미우라의 아내는 아침 6시에 알리바이가 있다. 어떻게 생각해도 동이 튼 후에 범행을 저지르기는 불가능하다. 미우라의 아내는 밤에만 알리바이가 없다. 지금과 같은 시간대. 당연히 산줄기는 보이지 않는다. 산줄기가 보이지 않는데 미우라가 그 그림을 그릴 수 있을 리 없다……. 거기까지 생각했을 때 갑자기 불안해졌다.

정말로 그럴까? 실물을 보지 않으면 그림을 못 그릴까.

확실히 보통 사람이라면 어려우리라. 하지만 미우라는 경력이 20년에 가까운 미술 교사다. 그림 실력은 프로 수준이라 해도 된다.

게다가 여기서 보이는 경치를 아주 좋아해서 스케치하려고 몇 번이나 이곳에 왔다. 미우라는 경치를 보지 않고도 기억에 의존해 그림을 그릴 수 있었던 것 아닐까.

그림 실력이 없는 이와타도 자기가 태어나고 자란 집은 기억에 의존해 어느 정도 그려낼 자신이 있으니까.

가령 그렇더라도 미우라는 왜 그런 걸까. 왜 죽음을 앞두고 보이지 않는 산줄기를 그린 걸까.

머리 위에서 또 목소리가 들렸다.

"당신이 우리 행복을 깨부수려고 하니까……."

우리……?

"나와 다케시의 인생을 방해하려 하니까……."

다케시…… 들어본 이름이었다.
미우라의 외아들이다.

"당신을 죽일 수밖에 없어."

갑자기 여자의 손가락이 이와타의 입술에 닿았다. 그리고
윗니와 아랫니를 억지로 벌렸다.

"자…… 밥…… 먹어……."

뭔가가 입속으로 흘러들었다. 끈적하니 찰기가 있는 액
체……. 어쩐지 그리운 맛이었다. 그렇다……. 이 맛은……
동그랑땡, 채소튀김, 밥. 그게 전부 섞인 맛. '하나야기 도시
락'의 내용물을 으깨서 죽처럼 만들었나 보다.

'이 여자…… 혹시…….'

절대로 삼키면 안 된다. 뱉으려고 했지만, 그 전에 여자가
손으로 이와타의 입을 막았다.

"자…… 얼른 먹어."

틀림없다. 이 여자는 이번에도 미우라 때와 똑같은 방법을
쓰려고 한다.

"……안 먹으면…… 죽어."

여자가 다른 손으로 이와타의 코를 틀어쥐었다. 입과 코가
막혀서 숨이 안 쉬어졌다. 손을 뿌리치려고 했지만, 그럴수록
여자가 더 세게 힘을 주었다.

이와타는 삼키지 않으려고 버텼다. 하지만 시간이 흐르자
고통스러워졌다. 1분쯤 버티자 한계가 왔다. 머리가 아팠다.
온몸의 세포가 산소를 찾아 날뛰었다. 그때 여자가 말했다.

"삼키면 숨 쉬게 해줄게."

'안 된다'고 머리가 명령했지만 몸은 명령을 거부했다. 목구
멍이 멋대로 음식물을 삼켰다.

죽 같은 음식물이 식도를 지나 위장으로 들어갔다.

여자가 손을 뗐다. 이와타는 정신없이 공기를 들이마셨다.

다음 순간, 여자가 또 코를 틀어쥐고 입속에 음식물을 쏟아넣었다.

이번에는 아까보다 순순히 삼켰다. 포기한 건 아니다.

일단은 순종적으로 굴면서 호흡을 가다듬고 체력을 보존했다가, 빈틈을 노려 도망칠 생각이었다. 남자와 여자다. 체격으로 보아도 이와타가 유리하다. 승산은 있다.

하지만 그런 이와타의 속셈을 눈치챘는지 여자가 돌로 이와타의 눈을 때렸다. 어마어마한 통증과 함께 눈앞이 새빨개졌다. 이윽고 시야가 서서히 흐려졌다. 눈을 깜박였다. 눈에서 흐른 피가 뺨을 타고 흘러내렸다.

모든 것이 나쁜 방향으로 나아간다. 몸은 말을 안 듣는다. 눈도 보이지 않는다.

하지만 이와타는 포기하지 않았다. 아직 달아날 기회가 있다고, 이 상황을 뒤집을 수 있다고 믿었다. 그런 한편으로 다른 생각도 들었다.

설령 살해당하더라도 기자로서 정보를 남겨야 한다.

이와타는 침낭 속의 손목을 부러질 만큼 힘껏 뒤틀어서 호주머니에 든 연필과 영수증을 꺼냈다. 일단 영수증을 촘촘하게 접었다.

손끝 감촉으로 위치를 확인하며 조금씩 연필을 움직였다.

미우라만큼 잘 그릴 수 있을지는 모르겠다.

그래도 그래야 한다.

이 그림을 본 누군가에게 범인의 정체를 알리기 위해…….

1995년 9월 21일, L현 K산 8부 능선 광장에서 회사원 이와타 슌스케의 시체가 발견되었다. 현장에는 산줄기를 그린 그림이 남아 있었다.

***

1995년 9월 26일.

후쿠이현의 한 맨션에서 남자 시체가 발견됐다. 시체의 신원은 그 집의 거주인인 도요카와 노부오(43)로 판명됐다. 도요카와의 체내에서 수면제가 다량 검출돼 경찰은 자살로 단정했다.

집에서는 유서로 추정되는 편지도 발견됐다.

> 죄송합니다.
> 미우라 요시하루와
> 이와타 슌스케를 죽인 건 접니다.
> 죽음으로 사죄하겠습니다.
> 안녕히 계십시오.
>
> 도요카와 노부오

편지는 워드프로세서 전용기로 작성됐다.

— 2015년 4월 24일 도쿄 도내의 맨션 6층 602호실

현관에 쓰러진 정체불명의 남자를 곤노 나오미는 의아한 기분으로 내려다보았다.

회색 후드가 벗겨져서 드러난 얼굴을 분명 본 적 있었다. 먼 옛날에 어디선가 만난 사람이다. 하지만 누군지는 기억나지 않았다.

"당신…… 누구야?"

그러자 남자는 칼에 찔린 배를 손으로 누른 채 고통에 찬 목소리로 말했다.

"……기억하지 못하는 것도 무리는 아니지. ……만난 지 20년도 넘게 지났으니까……. 그때 당신을 취재했었어……."

"취재……?"

"난…… 한때 기자로 일했던…… 구마이라고 해……. 오랜만이군. 미우라 나오미 씨. ……아니지, 이미 옛날 성씨로 돌아갔으니까 곤노 나오미인가……. 여기까지 오느라 얼마나 고생했는지 몰라……."

기억 속 깊은 곳에서 그 이름을 찾아냈다.

구마이…… 사건 당시 딱 한 번 만났던 신문기자다.

"……구마이 씨…… 왜…… 당신이……?"

"……예전에 내 부하가 당신한테 신세를 졌거든. 기억 안나……? **이와타**라는 녀석인데."

그 순간 나오미의 머릿속에 영상이 떠올랐다.

어둠 속에 누워 있는 너덜너덜한 고깃덩이…….

"나오미 씨……. 이제 죗값을 치를 때가 됐어……. 더는 미루면 안 돼……. 이봐! 빨리 와!"

그때 문이 열리고 다른 남자가 들어왔다. 남자는 나오미에게 외쳤다.

"곤노 나오미! 경찰이다! 당신을 상해죄 현행범으로 체포한다!"

제4장

문조를 보호하는
나무 그림

곤노 나오미

썰늘한 구치소에서 나오미는 무표정하게 벽을 바라보고 있었다.

그로부터 며칠이나 지났을까. 그 남자…… 구마이가 나타나 나오미와 유타의 작은 행복을 빼앗은 후로. 생각해보면 지금까지 계속 빼앗겨왔다. 행복해지려고 하면 반드시 누군가가 방해했다.

지금까지 살아온 인생이 주마등처럼 머릿속을 흘러갔다.

제일 먼저 떠오른 건 어린 시절이다.

*　*　*

나오미는 자신이 복받은 아이라는 걸 알고 있었다.

집은 도쿄에서 땅값이 제일 비싼 곳에 있었고, 상냥한 아버지는 나오미를 사랑해주었다. 그런 아버지 옆에서 늘 온화하게 미소 짓는 어머니는 피부가 뽀얗고 긴 머리에 윤기가 자르르 흐르는 미인이었다.

참관 수업 때면 교실 뒤편에 늘어선 거무스름하거나, 뚱뚱하거나, 잔주름이 자글자글한 반 아이들의 어머니 사이에서 탁월한 미모를 뽐내는 어머니를 보며 나오미는 우월감을 느졌다.

　나오미의 열 살 생일 때, 기념으로 부모님과 외식을 하러 갔다. 백화점 식당에서 맛있게 햄버그스테이크를 먹는 나오미에게 아버지가 물었다.

　"밥 먹고 생일 선물을 사러 갈 건데, 갖고 싶은 거 있니?"

　나오미는 망설였다. 그걸 부탁해야 할까.

　"뭐든지 괜찮아. 요즘 공부를 열심히 하는 모양이더구나. 상이기도 하니까 좀 비싸도 괜찮아. 말해보렴."

　이번 기회를 놓치면 다시는 기회가 없을 것 같았다. 되든 안 되든 일단 말해보기로 했다.

　"있지……, 아빠…… 문조를 키우고 싶어."

　나오미는 예전에 어머니와 장을 보러 갔을 때, 펫숍 창문 너머로 문조 한 마리를 보았다. 뾰족하고 앙증맞은 부리. 작고 동그스름한 몸통. 반짝반짝 빛나는 땡그란 눈. 나오미는 한순간에 마음을 빼앗겼다. 그 후로 매일 그 아이와 함께 살기를 꿈꿨다. 하지만 어머니가 동물을 별로 좋아하지 않는다는 걸 알기에, 그 바람을 입 밖에 내지는 못했다.

　"그렇구나……. 문조라……. 하지만 엄마가 뭐라고 할

지······."

아버지가 약간 난처한 표정으로 간청하듯 어머니를 바라보았다. 어머니의 판단에 달렸다는 뜻이다. 어머니는 단념했다는 듯 숨을 푹 내쉬더니 "마음대로 해" 하고 퉁명스럽게 말했다. 나오미는 속으로 주먹을 불끈 쥐었다.

세 사람은 집에 갈 때 펫숍에 들렀다. 나오미가 점찍은 문조는 예전보다 조금 커졌고 더 둥그스름해졌다.

"잘 돌봐야 한다."

아버지의 말에 나오미는 고개를 크게 끄덕였다.

***

그 후로 하루하루가 꿈만 같았다.

학교에서 돌아오자마자 자기 방으로 간다. 그러면 아버지가 사준 새장 속에 문조가 새침하게 앉아 있다.

"쪼꼬삐! 다녀왔어!"

쪼끄마한 몸으로 '삐' 하고 우니까 '쪼꼬삐'라고 이름을 지었다.

처음 한동안은 사람을 경계했지만 매일 밥을 주고, 바지런히 돌보고, 울음소리를 흉내 내거나 말을 거는 동안 쪼꼬삐는 서서히 나오미에게 길들었다. 이제는 새장을 열면 손 위에 올라탄다. 만지려고 하면 쓰다듬으라고 요구하듯 쪼꼬삐가 먼저 손에 머리를 문지른다.

열심히 사료를 쪼아먹는 모습, 진지한 눈으로 깃털을 다듬는 모습, 동그랗게 몸을 말고 잠든 모습…… 귀엽고, 사랑스럽고, 정말 좋다……. 이런 기분은 처음이었다.

쪼꼬삐의 놀이터를 만들기 위해 아버지와 함께 목공에 도전한 적도 있었다. 고생해서 만든 장난감 집 크기의 '별장'에 쪼꼬삐가 쏙 들어간 순간, 나오미와 아버지는 손뼉을 치며 기뻐했다.

어머니는 "새를 그렇게 위해줄 일이야?" 하고 쓴웃음을 지으면서도 즐거워하는 딸과 남편을 정답게 바라보았다. 행복했다. 나오미는 이런 나날이 계속되길 바랐고, 계속될 거라고 생각했다.

하지만 비극은 느닷없이 찾아왔다.

쪼꼬삐가 집에 온 지 1년이 지난 어느 날, 아버지가 죽었다.

자살이었다. 당시 일본에서는 아직 일반적인 말이 아니었지만 분명 우울증이었으리라. 관리직이 된 후로 직장에서 과도한 스트레스에 시달려, 세상을 떠나기 반년 전부터 정신과에 다녔던 모양이다.

어머니는 울지 않았다. 그저 불단 앞에 멍하니 앉아 있었다. 나오미는 나이를 먹고서야 그 심정을 이해할 수 있었다. 진정한 슬픔에 직면했을 때, 사람은 눈물을 흘릴 기력조차 잃는 법이다.

***

아버지가 죽은 후로 어머니는 변했다. 나오미는 그렇게 느꼈다.

식사는 만날 통조림뿐. 청소와 빨래도 하지 않아서 집은 순식간에 쓰레기로 넘쳐났다. 아버지가 자살하는 바람에 상황이 한층 안 좋아졌으리라. 예를 들어 병이나 사고로 죽었다면 주변 사람들도 동정심을 품었을지 모른다. 위로의 말과 함께 다소나마 이것저것 도와주었을 것이다.

하지만…….

"곤노네 아저씨는 왜 자살한 걸까…….”
"혹시 마누라가 바람피운 거 아니야?"
"확실히 얼굴값 하게 생겼잖아."
"딸도 정말로 남편의 씨가 맞는지 의심스러워."

그런 허무맹랑한 소문이 듣기 싫어도 귀에 들어왔다. 어머니는 이웃의 시선에서 달아나듯 점점 집에 틀어박혀 지내게 됐다. 안 그래도 이웃들과 데면데면했던 어머니 편을 들어주는 사람은 아무도 없었다.

고독, 슬픔, 분노……. 어머니는 자신이 끌어안은 부정적인 감정을 전부 나오미에게 풀었다. 툭 하면 폭력이 날아들었다. 그래도 나오미는 참았다.

'꾹 참고 착하게 지내면 엄마는 언젠가 원래 엄마로 돌아올 거야.'

나오미는 멍든 손으로 쪼꼬삐를 쓰다듬으며 몇 번이고 자기 자신을 타일렀다.

어머니가 기뻐하길 바라는 마음으로 자청해서 청소와 빨래를 했다. 힘들어도 늘 웃었다. 간단한 것밖에 못 만들지만 요리도 했다. 어느 날 어머니가 좋아하는 우엉 볶음을 만들기로 결심하고, 모아놓은 용돈으로 재료를 사서 두 시간 만에 우엉 볶음을 완성했다. 모양새는 별로였지만 맛은 나쁘지 않았다.

어머니 방에 가져가려고 그릇장에서 접시를 꺼내려 했을 때였다. 방심했는지도 모르겠다. 손에서 미끄러진 접시가 바닥에 떨어져서 깨졌다. 그 소리를 듣고 엄마가 나왔다.

'때릴 거야……!'

무서워서 잔뜩 움츠러든 나오미를 무시하듯, 어머니는 깨진 접시 조각을 맨손으로 줍기 시작했다.

"엄마…… 미안해……. 저기, 우엉 볶음을……."

떨리는 목소리를 간신히 짜냈다. 어머니는 접시 조각을 주우면서 혼잣말처럼 중얼거렸다.

"아빠 말고 네가 죽었으면 좋았을걸."

그 순간 깨달았다.

어머니는 변한 게 아니다. 원래 이런 인간이었다. 원래부터 나오미를 사랑하지 않았다. 그러고 보니 나오미는 어머니와 단둘이 이야기하거나 놀았던 기억이 거의 없었다. 즐거운 가족의 추억은 전부 아버지가 만들어준 것이었다.

어머니가 다정하게 미소 지었던 건 곁에 아버지가 있었기 때문이다. 아버지를 위해, 아버지에게 사랑받기 위해 다정한 어머니를 연기했을 뿐이다.

동시에 나오미는 자기 마음이 어떤지도 깨달았다. 나오미는 어머니를 '예쁜 엄마'라고 자랑스럽게 여긴 적은 있어도, 애정을 느낀 적은 한 번도 없었다. 두 사람이 가족으로 지낼 수 있었던 건 아버지라는 접점이 있었기 때문이다. 아버지가 죽은 지금, 두 사람은 그저 여자와 여자에 지나지 않았다.

곤노네는 나오미가 생각했던 만큼 행복한 가정이 아니었다.

***

언젠가 터질 만한 사건이 터졌다. 여름방학이 끝난 9월 1일 오후였다.

시업식이 끝나고 집에 와서 현관문을 연 순간, 요란한 울음소리가 들렸다. 쪼꼬삐다. 기르면서 처음으로 들어보는 위협적인 울음소리였다.

불길한 예감에 나오미는 얼른 자기 방으로 뛰어갔다. 문이 열려 있었다. 방 한복판에 어머니가 서 있었다. 발 옆에는 새장이 떨어져 있었다. 어머니의 오른손에 쪼꼬삐가 쥐어져 있었다. 쪼꼬삐는 손안에서 괴로운 듯 몸부림쳤다. 어머니는 나오미를 보고 반쯤 웃는 얼굴로 말했다.

"왔니, 나오미. 이 새가 아침부터 어찌나 우는지, 시끄러워서 잠을 못 자겠어."

"그런…… 어째서……?"

쪼꼬삐는 얌전한 성격이다. 지금까지 시끄럽게 운 적은 한 번도 없었다. 왜 하필 오늘……? 나오미는 생각 끝에 이유를 깨달았다.

여름방학 내내 나오미는 쪼꼬삐와 함께 있었다. 아침부터 밤까지 상대해주었다. 그래서 오늘 주인이 오랜만에 학교에 가자 외로웠으리라. 나오미를 찾아서 울었으리라. 그렇게 생각하자 쪼꼬삐가 기특하게 느껴져서 눈물이 났다.

"엄마…… 미안해. 이제 괜찮으니까, 시끄럽게 안 울 테니까 그만 놔줘."

"입 다물어. 새 한 마리도 제대로 간수 못 하는 주제에."

"아니야. 쪼꼬삐는 내가 없으니까 외로워서……."

"'아니야'? 조그만 게 어디 엄마한테 말대답이야? 건방지게."

무슨 말을 해도 소용없을 것 같았다. 나오미는 그 자리에 무릎을 꿇고 머리를 조아렸다.

"엄마, 죄송해요. 제가 잘못했어요. 저를 때리세요. 아무리 많이 때려도 참을게요. 그러니 쪼꼬삐는 용서해주세요."

몸을 바칠 각오로 소리쳤다. 그러자 쪼꼬삐가 조금 조용해졌다.

'다행이다……. 용서해줬어.'

그렇게 생각하고 고개를 든 나오미는 전율에 휩싸였다. 어머니가 아까보다 더 세게 쪼꼬삐를 움켜쥐었다. 쪼꼬삐는 울 힘도 잃고서 축 늘어졌다.

"엄마…… 부탁이야……. 쪼꼬삐가…… 죽겠어……."

"죽이려고 그런 거야!!!"

"……윽!"

그 말을 듣자 단숨에 피가 거꾸로 솟았다.

반사적으로 어머니에게 달려들었다. 태어나서 처음으로 해보는 반항이었다. 하지만 도리어 배를 걷어차여 방바닥에 푹 쓰러졌다.

'이대로 있다가는…… 쪼꼬삐가 죽을 거야……. 어떻게 하면…….'

그때 뭔가가 눈에 들어왔다. 방구석에 있는 나무집. 예전에 아버지와 함께 만든 쪼꼬삐의 별장이다. 나오미는 쏜살같이 그쪽으로 달려가서 나무집을 어머니의 얼굴에 내던졌다.

기습을 당한 어머니는 균형을 잃고 엉덩방아를 찧었다.

지금이다 싶었다. 나오미는 나무집을 주워서 어머니의 얼굴을 힘껏 내리쳤다. 뇌진탕을 일으켰는지 어머니는 뒤로 벌렁 자빠졌다.

나오미는 쪼꼬삐를 구하려고 했다. 하지만 어머니는 쪼꼬삐를 꽉 움켜쥔 손에 힘을 풀지 않았다.

'어쩌면 좋지…….'

잠시 후 상체를 일으킨 어머니가 증오심이 가득한 눈으로 나오미를 노려보았다. 동시에 손안의 쪼꼬삐가 "깨에에에엑" 하고 나지막하게 신음했다. 죽음을 앞두고 마지막으로 울부짖는 소리처럼 들렸다.

그 울음소리를 듣자 결심이 굳어졌다.

나오미는 벌떡 일어나서 발길질로 어머니를 다시 쓰러뜨린 후, 배 위로 힘껏 점프했다. 왼발로 위장을, 오른발로 아랫배를 짓밟았다. 커다랗게 트림하는 듯한 소리와 함께 어머니 입에서 피거품이 뿜어져 나왔다.

나오미는 왼발에 체중을 잔뜩 실어서 어머니의 목을 꽉 밟았다.

'뿌득' 하고 흐릿한 소리가 나는가 싶더니 어머니가 눈을 까뒤집고 입을 쩍 벌렸다. ……승부가 났다.

나오미는 부랴부랴 쪼꼬삐를 구해냈다. 작은 몸을 손으로 살짝 감싸자, 어리광을 부리듯 쪼꼬삐가 머리를 손에 비비댔다.

"다행이다…… 살아 있어……."

마음이 따스한 행복으로 가득 찼다.

나오미는 어머니의 시체 옆에서 환희에 찬 눈물을 흘렸다.

***

그 후 나오미는 아동자립지원시설에서 6년을 보냈다. 시설의 직원실에서 기르기로 한 쪼꼬삐는 나오미가 도맡아 돌보았다. 원래는 허용되지 않았을 이 특별한 조치가 실행된 건, 나오미의 정신분석을 담당한 젊은 여자 심리상담사의 의견

덕분이었다.

"나오미의 그림 속에는 문조를 보호하는 나무가 있어요. 이
건 가슴속 깊은 곳에 다정한 모성애……, 자기보다 약한 존재
를 지켜주고 싶은 마음이 있다는 걸 나타내요.

한편 뾰족한 나뭇가지는 나오미에게 사나운 공격성이 있음
을 암시하지만, 동물이나 어린아이와 접촉할 기회를 주면 뾰
족한 나뭇가지도 점차 둥그스름해지겠죠."

시설 생활은 엄격하고 자유가 없었지만, 어머니와 단둘이

살던 때에 비하면 훨씬 쾌적했다. 쪼꼬삐와 함께 지낼 수 있다는 게 기쁘고, 무엇보다도 고마웠다.

시설에 들어오고 6년째 가을, 쪼꼬삐는 나오미가 지켜보는 가운데 조용히 숨을 거두었다.

"고마워……. 쪼꼬삐 덕분에 난 강해졌어."

죽은 쪼꼬삐는 시설의 정원 구석에 묻었다. 그로부터 반년 후, 나오미는 고등학교를 졸업함과 동시에 시설을 떠났다.

그 후로는 도쿄 도내의 월세가 저렴한 연립주택에 살면서 조산사가 되기 위해 간호학교에 다녔다. 자립시설 직원이 "나오미는 보호 본능이 강하니까 의료에 관련된 일이 적합하지 않을까? 여자라면 역시 조산사려나" 하고 반쯤 무책임하게 꺼낸 말이 계기였다.

어머니를 죽인 인간이 조산사가 되겠다니 조금 얄궂은 기분이 들었지만, 그렇다고 건실한 민간기업에 취직할 수 있을 것 같지는 않았고, 또한 당시 일본에는 여자가 취업과 관련해 활용할 만한 기술 자격이 별로 없었기에 마지못해 조산사의 길을 선택했다.

간호학교에서는 매일 산더미같이 많은 과제를 내주었다. 하지만 나오미는 원래 공부를 싫어하지 않았으므로 그렇게 고생스럽지는 않았다. 그래도 금전적인 문제는 늘 고민이었다.

대출받은 학자금만으로는 생활이 어려워서 1주일에 세 번,

카페에서 아르바이트하기로 했다. 미술대학 부근에 자리한 카페라서 단골손님은 대부분 미대생이었다. 미우라 요시하루는 단골손님 가운데 한 명이었다.

염색하지 않은 짧은 머리에 청바지와 흰색 셔츠라는 미우라의 수수한 차림새는 개성적인 미대생 집단에서 오히려 두드러져 보였다. 별것 아닌 잡담으로 시작된 두 사람의 관계는 어느새 개인적인 고민을 털어놓는 사이로까지 발전했다.

미우라를 통해 새 친구도 생겼다. 미우라의 미대 동기인 도요카와 노부오라는 청년이었다. 미우라는 도요카와를 늘 '천재'라고 평가했다. 결코 과장이 아니라, 아마추어인 나오미가 보기에도 도요카와는 그림을 남들보다 월등하게 잘 그렸다.

더 친해지자 미우라와 도요카와는 가끔 나오미의 집에 놀러 오곤 했다. 두 사람은 공부하느라 바쁜 나오미 대신 식사를 준비하고 집을 청소해주었다. 셋이서 함께 보내는 시간을 즐기면서도 나오미는 어렴풋이 감을 잡았다.

'미우라와 도요카와는 나를 차지하려고 싸우고 있어.' ……자만이 아니었다. 나오미는 거울 앞에 설 때마다 확신했다.

'난 어머니를 닮았어.' ……뽀얀 피부. 윤기가 흐르는 긴 머리. 아름다웠던 어머니와 판박이였다.

***

어느 여름날 오후, 결판이 났다. 단둘이 무더운 방에 있을 때 미우라가 나오미에게 말했다.

"난 내년에 졸업하면 고향으로 돌아가서 선생님이 될 거야. 나오미, 나랑 같이 가지 않을래?"

평소 모습처럼 투박한 청혼이었다. 나오미는 당장 "응" 하고 대답했다. 도요카와도 분명 매력적인 남자다. 하지만 나오미는 미우라의 직선적인 성격에 반했다.

과거에 대해서는 말하지 않기로 했다.

이듬해 봄, 미우라와 나오미는 각자 다니던 학교를 졸업했다. 취직과 이사가 겹쳐서 정신없었던 탓에, L현으로 이사한 지 1년 후에야 결혼식을 올렸다. 결혼식에는 도요카와도 참석했다. 조금 멋쩍었지만, 도요카와는 웃는 얼굴로 축하해주었다.

결혼 생활은 힘들었지만 알찼다. 미우라는 고등학교 교사로 임용됐고, 나오미는 작은 병원에 조산사로 취직했다. 시설 직원이 적당히 꺼낸 말을 듣고 선택한 직업이었지만, 막상 일을 시작하자 조산사가 천직처럼 느껴졌다.

출산은 세상 남자들이 흔히 상상하는 것처럼 신성한 의식이 아니다. 몇십 시간에 달하는 진통에 몸부림치고, 고통에

겨워 울고, 악을 쓰고, 죽을 각오로 몸에서 아이를 끄집어낸다……. 한마디로 표현하면 고문이다. 하지만 나오미의 눈에는 그러한 과정을 극복한 산모의 얼굴이 아름다워 보였다. 나오미는 출산에 임하는 임신부들을 정성껏 격려하고, 야단치고, 돕고, 칭찬했다.

몇 년 후, 드디어 나오미도 임신했다. 하지만 아이를 낳아야 할지 고민됐다. 제일 큰 걱정은 어머니라는 존재였다. 어머니는 죽은 후에도 늘 나오미에게 들러붙어 있었다. 거울을 보면 어머니가 눈에 들어왔다.

'난 엄마를 닮았어. 아이를 낳으면 그 여자와 똑같아지지 않을까. 애정이라고는 일절 없이, 아이한테 폭력을 행사하지는 않을까.'

그럴까 봐 너무 무서웠다.

그런 두려움과는 반대로, 아이를 낳아 훌륭하게 키워서 어머니에게 복수하고 싶은 마음도 있었다.

'난 당신과 달라.' ……가슴을 쭉 펴고 그렇게 말하고 싶었다. 고민 끝에 낳기로 결심했다. 나오미의 육아는 복수심에서 시작됐다.

출산 당일은 상상을 초월하는 난산을 겪었다. 기절할 것 같은 통증을 견디며 나오미는 무아지경으로 힘을 썼다. 분만대 위에서 갓난아기를 안자 몽롱한 머릿속에 그리운 감정이 되살아났다. 아주 오래전에 맛보았던, 가슴속 깊은 곳에서 솟아오르는 행복. 소중한 생명을 지켜냈다는 기쁨. 마르지 않는 애정. ……그렇다, ……바로 그때다.

어머니 시체 옆에서 쪼꼬삐를 끌어안았을 때와 똑같은 기분이었다.

어쩐지 섬뜩했다. 불길한 운명의 톱니바퀴가 돌아가기 시작한 기분이었다.

***

아이 이름은 '다케시'로 정했다. 남편이 지은 이름이었다.

임신했을 때 느낀 불안감……. 어머니처럼 나도 아이에게 애정을 품지 못하는 것 아닐까, 하는 불안은 아들이 태어나자마자 날아갔다. 나오미는 다케시가 정말 사랑스러웠다. 연약하고, 덧없고, 위태위태해서 나오미 없이는 살아갈 수 없는 아들에게 애정을 모조리 쏟아부었다. 다케시 덕분에 나오미는 드디어 어머니의 속박에서 벗어날 수 있었다.

하지만 성장할수록 다케시가 여느 아이들과 다르다는 사실을 깨달았다. '소극적'이라고 하면 많은 육아 선배들은 "우리 애도 어렸을 때는 그랬어" 하고 웃는다. 하지만 다케시의 소극적인 성격은 도를 넘었다. 나오미 외에 다른 사람과는 거의 의사소통을 하지 못했다.

초등학교에 올라가자 더 심해졌다. 반 아이들은 저마다 친구를 만들어 학교가 끝나면 밖에 나가서 기운차게 뛰어놀건만, 다케시는 늘 혼자 집에 와서 방에 틀어박혀 책만 읽었다.

남편은 그런 아들이 마음에 안 드는지 가끔 야단쳤다.

"다케시! 사내놈답게 밖에서 기운차게 뛰어놀아야지."

"집에만 틀어박혀 있으면 못 써. 친구도 많이 사귀고 그래야 해!"

"밖에서 이웃 사람을 만나면 큰 소리로 인사해! 꼴 보기 싫게 우물쭈물하지 말고!"

나오미는 남편의 교육 방침에 반대했다. 밖에 나가기 싫으면, 집에 있으면 된다. 남과 이야기하기 싫다면, 억지로 이야기할 것 없다. 하기 싫은 일을 억지로 시키면 트라우마 때문에 더 내향적으로 변한다. 그렇게 주장하면 할수록 서로 의견이 부딪쳐서 부부관계가 서서히 냉각됐다.

그러던 어느 날, 나오미가 부엌에서 요리하고 있는데 다케시가 겁먹은 얼굴로 품에 안겼다. 아무래도 심상치 않았다.

"무슨 일 있었어? 이야기해보렴." ……다케시는 울먹이는 목소리로 말했다.

"아빠한테 맞았어."

나오미가 즉시 남편에게 따졌더니 이렇게 대답했다.

"아까 다케시한테 밖에 나가 놀라고 했어. 그랬더니 녀석이 혀를 쏙 내밀더라고. 부모한테 태도가 그게 뭐야? 지금 예의를 단단히 가르쳐놔야 나중에 가서 다케시가 고생을 안 해."

"하지만…… 그렇다고 때릴 건 없잖아?"

"아니, 때릴 때는 때려야지. 아이는 열 살이 넘는 무렵부터 자아가 강해져. 말로만 혼내봤자 들은 척도 안 한다고. 그러니까 이제부터는 다소 체벌도 해야겠지. 그게 부모의 사명이야."

무슨 소리인지 이해가 안 됐다. '열 살을 넘으면 체벌하는 편이 좋다.' ……그딴 식의 논리는 처음 들어봤다.

남편은 예전부터 자신의 독특한 가치관을 절대로 굽히지 않는 완고한 성격이었다. 젊었을 때는 나오미도 남편의 '꼿꼿한 성격이 멋있다'고 생각했다. 당시의 자신이 원망스러웠다. 그런 인간과 가정을 꾸리다니, 지옥이다.

그 후로도 남편은 걸핏하면 다케시를 때렸다. 나오미가 항의했지만 남편은 귀를 기울이지 않았다.

그뿐만이 아니다. 쉬는 날에는 싫어하는 다케시를 억지로 캠핑에 데려가서, 먹고 싶어 하지 않는 고기를 잔뜩 구워 먹였다. 벌레를 질색하는데도 강제로 밖에서 재웠다. 다케시가 반항하면 예의가 없다며 머리를 후려쳤다.

남편에게 악의가 없다는 건 안다. 제 나름의 애정을 보여준 것이리라. 부모로서 사명감을 느끼는 것이리라. 그래서 더 골치 아팠다.

다케시가 너무 가엾다. 폭력을 행사하는 부모와 한 지붕 아래 지내는 게 얼마나 무서운 일인지 나오미는 너무나 잘 안다. 어느 시기부터 진심으로 이혼을 생각하게 됐다. 다케시를 지키기 위해서는 그 방법밖에 없었다. 하지만 한 가지 불안한 점이 있었다.

조정 이혼을 하면 어지간한 결격 사유가 없는 한 친권은 어머니가 가진다고 들었다. 하지만 나오미에게는 지울 수 없는 과거가 있다.

남편은 그 사실을 모른다. 어머니는 '병으로 죽었다'고 둘러댔지만 조사하면 금방 밝혀지리라. 그러면 법정에서 나오미가 불리해진다. 최악의 경우, 남편이 한부모 자격을 얻어 다케시를 데려갈 가능성도 있다.

'내가 없으면 다케시는⋯⋯.'

생각만 해도 소름이 끼쳤다.

그때 문득 예전에 느꼈던 감정이 되살아났다.

어린 시절 여름방학이 끝난 날 오후, 어머니의 손안에서 죽어가는 쪼꼬삐를 보았을 때 느낀…… 그 기분이었다. 신음하는 쪼꼬삐의 모습이 다케시와 겹쳐 보였다. 나오미는 결심했다.

남편을…… 죽이자.

***

"내일 K산에 오를 거야. 8부 능선에서 캠핑할 거니까 짐 좀 준비해줘."

1992년 9월 19일 밤. 남편의 말을 듣고 나오미는 한 가지 계획을 세웠다.

구마이 이사무

— 2015년 5월 8일 도쿄 도내의 병원

"많이 아물었네요. 고름도 안 나오는 것 같으니, 이 정도면 다음 주쯤에 퇴원하실 수 있겠어요."

간호사가 코맹맹이 소리로 노래하듯 말하며 붕대를 고정했다.

"아참, 구마이 씨. 오늘 옆 침대에 환자가 새로 들어올 예정이니까 사이좋게 지내세요! 그럼."

간호사는 그렇게 말하고 스텝을 밟듯 병실에서 나갔다.

'사이좋게 지내라니…… 무슨 유치원생도 아니고.'

구마이는 질릴 만큼 많이 본 흰색 천장을 올려다보았다. 입원한 지 2주가 지났다. 다친 배는 누워 있으면 아프지 않다. 자기가 지금 이렇게 살아 있다는 게 참 신기하게 느껴졌다.

2주일 전 밤, 곤노 나오미의 집 초인종을 눌렀을 때, 구마이는 죽음을 각오했다. 실제로 심장에 칼을 맞았다면 틀림없이 죽었을 것이다. 하지만 결과적으로 구마이는 살아남았다.

눈을 감고 몇십 번째일지 모를 회상에 잠겼다.

장례식 때 만났던 이와타 슌스케의 할아버지 얼굴이 제일 먼저 떠올랐다. 손자를 먼저 떠나보낸 할아버지는 모든 희망을 잃어버린 것처럼 초췌해 보였다.

'손자분이 돌아가신 건 제 탓입니다.'

'제가 사건 이야기를 하지 않았다면.'

'모교에 가보라고 하지 않았다면.'

구마이는 목구멍까지 올라온 말을 꺼내지 못했다. 비겁한

자기 자신이 원망스러웠다.

***

이와타가 사망한 상황은 미우라 요시하루 사건 때와 완전히 일치했다. 경찰은 동일범의 소행으로 보고 수사에 나섰다. 그런 와중에 미우라 사건의 중요 참고인 중 하나였던 도요카와 노부오가 워드프로세서 전용기로 유서를 남기고 자살했다. 유서에는 죄를 뉘우치는 말이 적혀 있었다. 경찰은 범인이 사망한 것으로 보고 수사를 종결했다.

경찰은 사건의 경위를 다음과 같이 정리했다.

1995년 9월. 이와타는 모교를 방문해 가메이도 유키에게 전근한 도요카와 노부오의 주소를 물었다. 유키는 도요카와의 주소를 몰랐으므로, 훗날 도요카와와 관계가 있었던 곤노 나오미를 방문해 주소를 물어보려고 했다. 하지만 나오미도 도요카와의 주소를 몰랐다. 다만 전화번호는 알고 있었으므로 나오미가 도요카와에게 전화해서 주소를 물어보기로 했다. 이때 나오미는 '이와타라는 남자가 과거의 사건을 조사하는 중이다. 그리고 미우라 요시하루의 기일에 K산에 올라 고인의 넋을 위로할 계획이라고 한다'라고 알렸다. 이야기를 들은 도요카와는 과거의 범행이 들통날까 두려워서 이와타를 살해하기로 결심한다. 그리고 등산 당일, 미우라와 같은 곳에서 같은 방법으로 이와타를 죽였다. 하지만 그 후에 죄책감을 견디지 못하고 자살했다.

확실히 앞뒤는 맞는다. 구마이도 예전부터 도요카와가 범인이라고 생각했다. 하지만 이해가 안 되는 점이 하나 있었다.

왜 도요카와는 워드프로세서 전용기로 유서를 쓴 걸까.

경찰에 따르면 도요카와의 집에서 새 워드프로세서 전용기가 발견됐다고 한다. 즉, 유서를 쓰기 위해 일부러 구입했다는 뜻이다. 이상하지 않은가. 종이에 연필로 쓰면 될 텐데, 왜 그런 성가신 짓을……?

구마이 생각에는 혹시 범인이 따로 있는 게 아닐까 싶었다. 진범은 워드프로세서 전용기를 가지고 도요카와의 집을 방문했고, 자살로 위장해 도요카와를 살해한 후, 워드프로세서 전용기로 가짜 유서를 남겼다. 글씨체를 감추기 위해서다.

당연히 경찰도 그러한 가능성을 알아차리기는 했으리라. 하지만 결국 도요카와는 '자살'로 처리됐다. 이유는 상상하기 어렵지 않았다.

도요카와가 살해당한 곳은 후쿠이현이다. 미우라 및 이와타 살해사건이 발생한 L현과는 거리가 제법 멀다. 이럴 때는 각 현경이 호흡을 잘 맞추지 못해서 수사가 소홀해지는 경우가 가끔 있다.

구마이는 경찰의 결론을 받아들일 수 없었다. 사건을 좀 더 깊이 파고들어야 한다고 생각했다. 올바른 진상을 밝혀내지 못하면 이와타가 눈을 제대로 못 감는다.

'경찰이 하지 않겠다면, 내가 대신 진실을 규명하겠어.'

구마이는 회사 업무를 보는 짬짬이 사건을 조사하기로 결심했다. 상사로서 이와타의 원한을 풀겠다는 것이 가장 큰 이유였다. 하지만 다른 마음도 있었다.

이와타가 생전에 했던 말이 구마이의 머릿속을 자꾸 맴돌았다.

"회사에는 절대로 피해가 가지 않도록 하겠습니다. 회사와는 관계없이 어디까지나 개인적으로 미우라 선생님 사건을 추적해보고 싶어요." ……솔직히 훌륭하다고 생각했다. 총무부로 이동한 후 자포자기한 자신과, 희망 부서에 배치되지 못했음에도 좌절하지 않고 취재에 나서려 한 이와타. ……누가 더 '기자'로서 우수할까. 생각해볼 것도 없다.

구마이는 자존심을 되찾고 싶었다. 기자로서 그 젊은이에게 질 수만은 없었다.

***

개인적으로 조사에 나선 구마이에게 가장 큰 단서는 이와
타가 남긴 '그림'이었다.

이와타의 호주머니에 들어 있던 영수증 뒷면에는 산줄기
그림이 그려져 있었다. 8부 능선 광장에서 보이는 경치. 접어
서 보조선까지 만들었다.

미우라의 행동을 따라 했다는 뜻이다. 이와타는 왜 그랬을
까. 이 그림으로 뭘 전하고 싶었을까.

"구마이 씨! 옆 침대로 신입 환자분 모셔갈게요!"

코맹맹이 소리가 회상에 빠진 구마이를 현실로 되돌렸다.

간호사가 휠체어를 밀고 병실로 들어왔다. '신입 환자'는 다
리에 붕대를 감은 청년이었다. 청년은 구마이의 얼굴을 빤히

처다보며 "옆자리를 쓰게 됐습니다. 잘 부탁드립니다" 하고
말했다.

"아아…… 잘 부탁해요."

구마이는 그렇게 답하고 다시 회상에 빠졌다.

* * *

'이와타…… 만약 원하던 대로 편집국에 배치됐다면 정말
우수한 기자로 성장했겠지.'

이와타가 고작 보름도 걸리지 않아 알아낸 진상에 다다르
기까지 구마이는 10년을 허비했다. 사망추정시각을 위장하
기 위한 트릭, 도난당한 침낭과 식료품, 끔찍하게 훼손된 시
체……. 그 의미를 알았을 때, 구마이는 가메이도 유키가 범
인이라고 확신했다.

21일 동튼 후에 범행이 실행됐다면, 도요카와 나오미는
범인이 아니다. 그 시간대에 알리바이가 없는 사람은 세 명
중 가메이도뿐. 수수께끼를 풀었다고 생각한 구마이는 즉시
경찰에 이 사실을 알렸다. 하지만 경찰은 상대해주지 않았다.
구마이의 주장은 단순한 억측에 지나지 않는다. 일반인의 억
측을 받아들여 수사를 재개하는 일은 없다. 더구나 10년이나
지났다. 이미 흐린 기억 속의 한구석으로 밀려난 사건이리라.

그래도 구마이는 포기하지 않았다.

'증거를 찾아내면 돼. 그러면 경찰도 움직일 수밖에 없겠지.'

그것이 미궁으로 들어서는 입구였다.

가메이도를 아무리 조사해도 범행과 관련된 실마리를 찾을 수 없었다.

'그 계집애, 뭔가 농간을 부려서 살인의 흔적을 지운 거야……'

마음만 초조할 뿐, 아무 진전도 없이 시간이 흘러갔다.

그로부터 몇 년 후, 흐름이 바뀌었다. 뜻밖의 곳에서 해결의 실마리를 찾았다.

어느 밤, 구마이는 집에서 텔레비전을 보고 있었다. 별생각 없이 돌린 채널에서 한 화가를 취재한 다큐멘터리 방송이 나왔다. 화가는 카메라에 대고 이렇게 말했다.

"제가 어릴 적에는 기억만으로 그림을 그리는 연습을 자주 했습니다. 예를 들어 고양이가 찍힌 사진이 있다고 치죠. 그걸 10초간 유심히 들여다봅니다. 그동안 고양이의 모습을 완전히 외우는 거예요. 10초가 지나면 사진을 뒤집고 기억에 의지해 도화지에 고양이 그림을 그립니다. 이 훈련이 제게 커다란 재산이 됐어요. 이제 한 번 본 풍경은 아무리 복잡해도 종이 위에 완벽하게 재현할 수 있습니다."

　기억만으로 그림을 그린다⋯⋯. 완전히 맹점이었다. 예술
에 무지하고 취미로 그림을 그려본 적도 없었던 구마이는, 실
물을 보지 않으면 있는 그대로 그릴 수 없다고 생각했다.

　구마이는 메모지와 펜을 준비해 시험 삼아 아무것도 보지
않고 K산의 8부 능선에서 보이는 풍경을 그려보았다. 놀랍게
도 기억만으로도 실물과 대강 비슷한 그림이 나왔다. 당황스
러웠지만 생각해보니 당연했다.

　구마이는 사건의 진상을 해명하기 위해 10년도 넘게 미우
라와 이와타가 그린 그림을 거의 매일 들여다보았다. 외울 작
정은 없었지만, 자기도 모르게 머릿속에 입력된 것이리라. 사
람의 기억력은 참으로 무섭다.

　미우라와 이와타는 어땠을까.

　미우라는 생전에 8부 능선에 많이 올라갔고, 그때마다 경
치를 바라보았다.

　이와타는 미우라가 그린 그림을 보고 그 속에 담긴 뜻을 알
아내고자 했다.

　둘 다 실물을 보지 않고 산줄기 그림을 그릴 수 있지 않았
을까. 그렇다면⋯⋯ 두 사람이 꼭 동튼 후에 살해당했다고 볼
수는 없다. 산줄기가 어둠에 뒤덮인 밤중에도 그 그림을 그릴

수 있었다면…… 용의자 중 한 명인 미우라의 아내, 나오미도 범행이 가능하다.

그리고 나오미가 범인이라면 내내 마음에 걸렸던 의문이 풀린다.

범인은 왜 그림을 현장에 남겨두었는가, 라는 근본적인 의문이다.

피해자가 죽음을 앞두고 묘한 그림을 그렸다면, 만약을 위해 처분하거나 가져가는 게 범죄자의 심리다. 사망시각을 위장한다는 주도면밀한 계획을 세워 살인을 저지르는 인간이 다잉 메시지를 간과하는 실수를 저지를 리 없다.

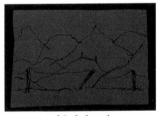 

미우라의 그림   이와타의 그림

게다가 두 번이나 같은 실수를 하리라고는……. 이해할 수 없는 그 행동을 어떻게 해석해야 할지 구마이는 내내 고민해 왔다. 하지만 이제는 안다. 이건 실수가 아니다.

범인은 일부러 그림을 현장에 남겨둔 것이다. '산줄기 그림'
이 자신에게 유리하다는 걸 알고 있었기 때문이다.

　가령 사망추정시각 트릭이 들통나더라도 '피해자는 죽음을
앞두고 산줄기를 따라 그렸다'라는 사실만 있으면, 범행 시각
은 동튼 후로 추정돼 아침에 알리바이가 있는 사람은 용의자
에서 제외된다.

　이와타는 범인이 가져가지 않을 걸 예상하고서 그림을 그
렸으리라.

　'산줄기 그림을 사건 현장에 남겨놓음으로써 유리해지는
사람이 범인.' ……그것이 바로 이와타가 남기고 싶었던 메시
지였다.

＊＊＊

　새로운 실마리를 얻은 것을 계기로, 구마이는 나오미를 집
중적으로 조사하기로 했다. 나오미의 내력이 드러날수록 '좀
더 빨리 조사해야 했다'고 후회했다.

　나오미가 어린 시절 어머니를 살해하고 6년간 아동자립지
원시설에 있었다는 사실이 판명됐다. 구마이는 당시 나오미
의 정신분석을 담당한 심리상담사에게 이야기를 들으러 갔

다. 현재는 전국 각지에서 강연하는 노년의 여성 심리학자 하기오 도미코다.

하기오는 그리움이 담긴 말투로 이야기해주었다.

"나오미는 제가 처음으로 담당한 아이였죠. 불쌍한 아이였어요. 어머니한테 학대받았거든요. 그런 학대의 고통을, 집에 있던 문조를 돌보면서 치유했죠. 그러던 어느 날 어머니가 문조를 죽이려고 해서…… 필사적으로 지키려 했을 거예요. 나오미는 보호 본능이 강해서 자기보다 약한 존재를 지키고 싶어 하는 성격이거든요."

그 이야기를 듣고 구마이의 머릿속에서 모든 것이 제자리에 착착 들어맞았다.

솔직히 부부 관계가 그렇게 원만하지는 않았어요. 육아 문제로 많이 다퉜죠. ……예를 들어 저희 아들은 집에서 책 읽는 걸 좋아하는데도, 남편은 늘 밖으로 데리고 나가 캠핑이니 바비큐니 억지로 시키고……. 아들은 정말 질색했어요. 자식의 기분이 어떤지도 모르고 자기 멋대로 행동하면서 '가족을 아끼는 좋은 아버지'라니, 혼자 북 치고 장구 치는 데도 정도가 있어야지…….

틀림없다. 동기는 '아이'다.

폭력적인 미우라에게서 자기 아이를 지키기 위해 죽인 것이다.

하지만 딱 하나 이해가 안 되는 부분이 있었다.

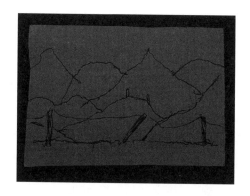

애당초 미우라는 왜 죽음을 앞두고 산줄기 그림을 그린 걸까. 구마이는 이 그림 때문에 가메이도를 범인으로 오해했고, 진범에 다다르기까지 시간이 걸렸다.

결과적으로 미우라는 아내를 감싼 셈이다. 왜일까.

곤노 나오미

죽기 전에 남편은 뭔가 말하려고 했다. 하지만 나오미는 그 말이 입 밖으로 나오기 전에 돌로 목을 내리쳤다. 필사적이었다.

모든 일을 마치고 산을 떠나기 직전, 나오미는 남편의 바지에서 그림을 발견했다. 엄청난 속도로 머리를 굴린 끝에 '이 그림은 여기 남겨두어야 한다'고 판단했다.

그 후, 손전등을 들고 어두운 산길을 내려와 아무에게도 들키지 않도록 조심조심 집으로 돌아온 나오미는, 몸에 묻은 흔적을 전부 씻어내고 아무 일도 없었던 것처럼 아침 맞을 준비를 했다.

이게 끝이 아니다. 오히려 이제부터가 시작이다. 경찰과 취재진에게 거짓말로 일관해야 한다. 남편을 잃고 동요한 아내를 연기해야 한다. 실패는 용납할 수 없다.

내가 체포되면 다케시는 부모를 잃는다. 외톨이가 된다. 그것만큼은 피해야 한다. 설령 죽고 나서 지옥에 떨어지든, 지옥의 악귀에게 뜯어먹히든 상관없다. 하지만 다케시만은 무슨 수를 써서라도 지켜내야 한다.

***

완벽하게 해냈다는 자신은 없었다. 하지만 실수도 없었으리라. 사건을 저지르고 반년이 지났지만 나오미는 자유의 몸이었다.

사건 보도가 줄어들고 거듭되던 경찰 조사에서도 해방됐을 무렵, 나오미는 드디어 마음에 평안을 얻었다. 그때 문득 남편의 그림이 머릿속에 떠올랐다.

냉정하게 생각하면 역시 그 그림을 현장에 남겨놓길 잘했다. 가령 나오미가 사용한 트릭이 들통나더라도, 그 그림이 마지막 보루로서 나오미를 지킬 테니까.

다행이다. 다케시 혼자 남지 않아도 된다. ……그렇게 생각하다 흠칫했다.

어쩌면 남편도 같은 마음 아니었을까.

나오미는 상상했다. 도시락을 억지로 입에 밀어 넣을 때, 남편은 나오미의 계획을 알아차린 게 아닐까. 동시에 자기가 곧 죽는다는 걸……. 죽음에서 벗어날 수 없다는 걸 깨달았다. 남편은 생각했다. 만약 자기가 죽고 아내가 살인죄로 수감되면 다케시를 지킬 사람이 없어진다. 그래서 필사적으로 그림을 그린 건 아닐까. 나오미가 아니라 '다케시의 어머니'를 지키기 위해.

눈물이 쏟아졌다. 남편은 좋은 아버지가 아니었다. 하지만 아들에게 품은 애정만큼은 진짜였다.

***

　남편이 죽은 후, 집은 예전보다 떠들썩해졌다.

　도요카와와 남편의 제자인 가메이도 유키가 나오미와 다케시를 걱정해 자주 놀러 왔기 때문이다. 도요카와는 식료품을 가져왔고, 가메이도는 부엌일을 돕고 다케시도 돌봐주었다. 나오미 말고는 따르지 않는 다케시가 가메이도에게는 마음을 여는 것 같아서 놀랐다.

　이런 형태의 가족도 나쁘지 않다는 마음이 생겼을 즈음에 예상치 못한 일이 일어났다.

　어느 날 밤, 넷이서 전골 요리를 먹은 후 유키와 다케시는 근처 가게에 과자를 사러 갔다. 도요카와와 단둘이 남았을 때, 그가 느닷없이 나오미의 손을 잡았다.

　"어, 도요카와 씨…… 뭐야?"

　"나오미…… 재미있는 거 알려줄까?"

　도요카와가 음흉한 얼굴로 나오미의 귀에 속삭였다.

　"나, 그날 밤 8부 능선에 있었어."

　가슴이 철렁했다.

　나오미는 태연한 척하며 도요카와의 손을 뿌리쳤다.

　"선 넘는 농담은 하지 마."

"선을 넘는다고……? 누가? 남편을 죽여놓고는."

도요카와가 갑자기 양손으로 나오미의 가슴을 잡았다. 뜯겨나가는 게 아닐까 싶을 만큼 세게.

"그만해……. 곧 두 사람이 돌아올 거야……."

"응, 그러니까 그 전에 이야기를 마무리 짓자."

"무슨 이야기를?"

"시치미 떼지 마. 실은 나도 그날 미우라를 죽이려고 했어."

"……그게 무슨 소리야……?!"

"난 그 새끼가 싫었어. 예술에 재능이라고는 없는 주제에 미술 교사랍시고 거들먹거리고……. 게다가 날 자기 똘마니 취급했지. 참다 참다 못해 결국 놈을 죽이기로 마음먹었어. 그날 4부 능선에서 놈과 헤어진 후, 난 등산로를 벗어나서 8부 능선으로 올라갔지. 밤에 놈이 잠들면 덮칠 생각이었어. 그런데 말이야. 설마 나랑 똑같은 생각을 했던 사람이 있었을 줄이야. 이봐, 살인자. 기분이 어때? 남편의 입에 밥을 쑤셔 넣고 끔찍하게 죽이는 기분은 어떠냐고!"

되는 대로 지껄이는 말은 아니었다. '입에 밥을 쑤셔 넣고.' ……그 사실을 알고 있으니, 도요카와는 정말로 현장을 목격한 것이다.

"도요카와 씨……, 부탁이야. 경찰에는, 말하지 마……."

"응, 말 안 할게. 대신 거래하자. 이제부터 매주 나랑 잠자리를 갖는 거야."

"그런……! 싫어!"

"그럼 경찰에게 말하는 수밖에."

"……그것도 안 돼……."

"이만 단념해, 이 망할 년아. 학생 때 나랑 미우라를 저울에 달면서 실컷 가지고 놀다가, 미우라가 청혼하니까 대번에 나를 버린 거…… 안 잊어버렸어. 난 말이야……. 너희 부부의 행복을 박살 내는 꿈만 꾸면서 지금까지 살아왔다고."

이 남자도 죽여버릴까……. 나오미는 몹시 망설였다.

지금은 안 된다. 남편이 죽은 지 얼마 지나지 않아 관계자 중 한 명이 또 죽으면, 분명 자신에게 의혹이 쏟아진다. 이번에는 달아날 수 없다.

나오미는 마지못해 '거래'를 받아들였다. 도요카와는 매주 토요일 밤에 나오미를 찾아왔다. 도요카와의 애무는 징그럽고 자기 위주라서 불쾌하기만 했다. 도요카와에게 남자를 탐하는 기질은 없다는 것이 유일한 위안이었다. 적어도 다케시가 피해당할 일은 없다. 나만 참으면…… 그렇게 생각했다.

하지만 어느 날 밤, 비극이 발생했다.

밤중에 깨어나 화장실에 가던 다케시가 두 사람의 행위를 목격한 것이다. 아주 잠깐이었다. 하지만 분명 눈이 마주쳤다. 나오미는 혼란에 빠져서 쏜살같이 미닫이문을 닫았다.

"아이고, 들켰네."

도요카와는 당황하는 기색 하나 없이 히죽거리는 얼굴로 말했다. 뭔가 이상하다 싶었다. 행위를 시작하기 전에 분명 미닫이문을 단단히 닫았다. 만에 하나 다케시가 깨어났을 때를 대비해 문을 닫는 것만은 절대로 잊어버리지 않았다.

그리고 다케시는 어렸을 적부터 밤중에 요의를 별로 느끼지 않는 체질이라, 자다 깨서 화장실에 가는 횟수가 1년에 몇 번도 안 된다. 그런데 왜 하필 오늘 깨어난 걸까.

그 이유는 다음 날 아침에 알았다. 부엌 쓰레기통에 'torsemide'라고 적힌 작은 상자가 들어 있었다. 간호학교 시절에 몇 번 본 글씨였다. 이뇨제의 이름이다.

히죽거리던 도요카와의 얼굴이 떠올라서 소름이 끼쳤다.

도요카와는 다케시에게 보여주려고 한 것이다. 어머니가 겁탈당하는 모습을.

나오미는 마음속에서 시커먼 살의가 솟구치는 걸 느꼈다.

살인을 저지르지 않은 건, 그로부터 얼마 지나지 않아 도요카와가 전근을 갔기 때문이다. 비열한 인간이 곁에서 멀어지자 나오미는 오랜만에 인간다운 삶을 손에 넣었다.

하지만 운명이라고 해야 할까, 또 위기가 찾아왔다.

***

사건을 저지르고 3년이 지난 1995년 9월. 가메이도 유키가 오랜만에 집에 놀러 왔다. 가메이도는 고등학교를 졸업하고 L현의 미술대학에 다니는 중이었는데, 대학 생활이 여러모로 바쁜지 집에 오는 횟수가 많이 줄었다. 같이 밥을 먹은 후, 가메이도가 뜬금없는 말을 꺼냈다.

"그러고 보니, 도요카와 씨가 지금 어디 사는지 아세요?"

"……그건 왜?"

"실은 얼마 전에 이와타 씨라고 신문사 직원을 만났거든요. 듣기로는 미우라 선생님 사건을 취재한다나……."

식은땀이 났다. 사건이 발생한 지 3년이 지나 수사도 거의 중단된 상태인데, 왜 이제 와서?

"그 사람, 우리 남편이랑 무슨 관계라도 있나?"

"미우라 선생님의 제자였대요."

……요컨대 저널리스트로서 흥미를 품었다기보다 원한을 갚겠다는 심정에 가까운 걸까. 그렇다면 골치 아프다.

"유키……, 좀 더 자세하게 말해볼래……."

구마이 이사무

구마이는 침대에 누워 자기 어머니를 떠올렸다.

몸이 홀쭉했던 아버지와 달리, 나무통처럼 펑퍼짐했던 어머니는 늘 웃는 얼굴에 술을 마실 때도 호쾌했다. 쾌활한 사람이었지만 아들을 야단칠 때는 무서운 얼굴로 불호령을 내렸다. 구마이는 그런 어머니가 누구보다도 무서웠고, 누구보다도 믿음직스러웠다.

어느 여름날이었다. 구마이는 근처 골목대장에게 얻어맞아 머리에 혹이 생긴 채 집에 왔다. 어머니는 "누가 그랬어?" 하고 구마이를 닦달했다. 골목대장의 이름을 실토하자 어머니는 구마이를 데리고 그 아이 집으로 갔다.

골목대장의 아버지는 얼굴에 칼자국이 있는 거구였다. 으스스한 위압감도 느껴지는 것이 도저히 건실한 일반인 같지 않았다. 하지만 어머니는 기죽지 않았다.

거한에게 덤벼들 기세로 거세게 항의했다. 구마이는 그 당시 어머니의 얼굴을 똑똑히 기억한다. 어머니는 이성을 잃었다.

남자의 아내가 나서서 중재하지 않았다면, 어머니는 남자를 죽였을지도 모른다. 어린 구마이는 진심으로 그런 느낌을 받았다.

과연 어머니와 나오미는 뭐가 다를까.

어머니도 까딱 잘못했으면 나오미처럼 되지 않았을까.

그 무서운 생각을 구마이는 아무래도 부정할 수가 없었다.

곤노 나오미

나오미는 이와타와 도요카와를 죽일까 말까 마지막까지 고민했다. 두 사람이 죽으면 분명 자신이 의심받는다. 스스로 위험한 다리를 건널 필요는 없다.

하지만 도요카와를 살려두면 그건 그것대로 위험하다. 그는 살인 현장을 목격했다. 지금은 입 다물고 있지만, 언제 마음이 바뀌어서 경찰에 신고할지 모른다. 무엇보다 도요카와는 남편과 나오미를 원망한다. 당연히 두 사람의 아들인 다케시도 좋게 생각하지는 않을 것이다. 만에 하나 다케시에게 위험이 닥치면…….

역시 죽이는 게 낫겠다. 이와타 다음으로 도요카와를 죽이고, 모든 죄를 덮어씌운다. 해내는 수밖에 없다.

***

모든 일을 마친 후, 나오미는 다케시를 데리고 도망치듯 도쿄로 이사했다. 집세가 아주 저렴한 맨션 6층에 집을 얻고, 근처 산부인과에 취직했다.

불안한 기분과는 달리 세월은 아주 평온하게 흘러갔다.

시간이 흘러 어느덧 나오미도 환갑에 가까운 나이가 됐다. 다케시는 고등학교를 졸업한 후 집 근처 철공소에 취직했다. 익숙지 않은 환경 탓에 처음 한동안은 고생한 모양이지만, 3년이 지났을 무렵부터 어엿한 사회인의 얼굴로 변했다. 나오미는 다케시를 응원하기 위해 매일 아침 일찍 일어나서 도시락을 쌌다.

그러던 어느 날, 다케시가 쑥스러운 얼굴로 나오미에게 말했다.

"저기…… 엄마. 좋아하는 사람이 생겼는데 사귀어도 될까?"

나오미는 얼떨떨해하다가 그만 웃음을 터뜨렸다. 평소 "여자랑 사귈 때는 꼭 엄마한테 알리렴" 하고 농담 삼아 말하기는 했어도 정말로 알릴 줄은 몰랐다. 다케시는 몇 살을 먹어도 엄마 말을 꼭 지키는 착한 아이다. 나오미는 다케시의 머리를 쓰다듬으며 대답했다.

"물론 되지. 다만 다케시와 어울리는 여자일지 엄마가 확인해줄 테니까 집에 한번 데려오렴."

***

1주일 후, 다케시는 나오미가 시킨 대로 '여자친구'를 집에 데려왔다. 그 얼굴을 보고 나오미는 다리가 풀릴 뻔했다.

"유키……?"

다케시의 여자친구는 남편의 옛 제자이자 L현에 살던 시절 집에 자주 놀러 온 가메이도 유키였다. 유키는 부끄러운 듯이 말했다.

"오랜만이에요. 저, 다케시와 사귀기로 했어요."

그 후, 나오미가 차린 저녁을 먹으며 다케시와 유키는 사귀게 된 경위를 설명했다.

한 달 전, 다케시의 직장에 아르바이트생이 새로 들어왔다. 그가 예전에 일했던 편의점에 '가메이도 유키'라는 사람이 있다는 사실을 휴식시간에 잡담하다 알았다. 다케시는 설마 싶었지만 호기심이 발동해 그 편의점에 가보았다.

바쁘게 포스기를 조작하는 아르바이트생의 모습을 보고 놀랐다. 틀림없이 L현에 살 때 자주 같이 놀았던 '유키 누나'였다. 다케시는 유키가 일을 마치고 편의점을 나서기를 기다렸다가 말을 걸었다. 유키는 눈을 동그랗게 뜨고 놀랐다. 12년 만의 재회였다. 유키는 서른세 살, 다케시는 스물일곱 살이었다.

두 사람은 그날 밤, 같이 밥을 먹으면서 지금까지 어떻게 살아왔는지 이야기를 나누었다.

유키는 미대를 졸업하고 지역 소재 기업에 디자이너로 취직했다. 하지만 5년 후, 인원 삭감의 물결에 휩쓸려 느닷없이 정리해고됐다. 한동안 고향에서 취업 활동을 했지만, 재취업하기는 여간 어렵지 않았다. 백수로 생활하는 기간이 길어질수록 원래부터 사이가 안 좋았던 부모님과의 관계는 더 악화되었다.

어느 날, 화해가 불가능할 만큼 크게 싸운 후 유키는 부모 자식의 연을 끊자는 글을 남기고 집을 나왔다.

갈 곳이 없었던 유키는 일거리를 찾아 도쿄로 올라왔다. 상경하고 반년은 디자인과 일러스트 업무를 몇 개 맡아 프리랜서로 일했지만, 그것만으로는 생계를 꾸릴 수가 없어서 요즘은 편의점 아르바이트로 생활비를 충당한다고 했다.

어릴 적부터 흠모했던 사람이 고생한다는 걸 알고 충격을 받은 다케시는 생활비에 보태라며 없는 형편에도 한 장뿐인 1만 엔짜리 지폐를 주려고 했다. 하지만 유키는 돈을 받지 않았다.

"돈은 필요 없어. 꼴이 더 한심해지잖아."

"……미안해. 하지만 힘이 되고 싶어서."

"그럼…… 다음에 밥 사."

그 후로 두 사람은 자주 만났다. 식사는 매번 패스트푸드로 때우고, 공원 벤치에 앉아 주스를 나누어 마시며 몇 시간이나 이야기를 나누었다. 성인 남녀의 데이트치고는 너무 변변치 못하다. 그래도 두 사람은 즐거웠다.

"나랑 사귀자."

다케시가 먼저 말을 꺼냈다. 유키는 그 자리에서 승낙했다.

***

나오미는 복잡한 심경으로 두 사람의 이야기를 들었다.

지금까지 유키와 다케시를 '터울이 진 남매'처럼 여겨왔다. 그런 두 사람이 사귀다니 아무래도 껄끄러운 기분이 들었다.

그러나 본인들이 서로 좋아한다면 어쩔 수 없다. 게다가 유키가 좋은 아이라는 건 나오미도 잘 안다. 어디서 굴러먹었는지도 모를 여자와 사귀는 것보다는 훨씬 안심된다. 나오미는 두 사람을 응원하기로 했다.

그로부터 1년 후, 두 사람은 결혼하기로 했다.

유키는 연립주택에서 방을 빼고, 다케시와 나오미의 집에 같이 살기로 했다.

아들이 결혼한다니 섭섭한 기분이 없지는 않았지만, 그보다는 가족이 한 명 늘어나서 기쁜 마음이 더 컸다.

　결혼식은 미리 의논했던 대로 다른 사람을 초대하지 않고, 셋만의 오붓한 홈파티로 대체했다. 식사를 마치고 다케시가 취해서 잠든 후, 나오미와 유키는 부엌에서 드문드문 두서없는 이야기를 나누었다.

　그러다 유키가 갑자기 표정을 다잡더니 이렇게 말했다.

　"어머님……. 저, 지금까지 숨겼던 일이 있어요."

　"응? 느닷없이 무슨 소리야?"

　"저…… 미우라 선생님을…… 좋아했어요."

　"……죽은 내 남편 말이니?"

　"네. 고등학교 1학년 때부터 좋아했죠. 당시는 단발머리였는데, 선생님의 부인이 긴 생머리라는 이야기를 듣고 기른 거예요. 지금 이 머리도 따지자면 어머님을 따라서 한 거죠."

　유키는 그렇게 말하며 윤기 흐르는 긴 머리를 쓰다듬었다.

　"1년 전에 다케시와 다시 만났을 때, 정말 깜짝 놀랐어요. 미우라 선생님이 살아서 돌아오신 줄 알고……."

　"확실히…… 닮았지. 요 몇 년은 특히나."

　"아! 그렇다고 다케시를 미우라 선생님의 대용품으로 여기는 건 아니에요. 다케시는 다케시 그 자체로 사랑해요. 하지만 앞으로 어머님과 함께 살기로 했으니 역시 이건 말씀드려

야 할 것 같아서……. 저어, 죄송해요. 느닷없이 깜짝 놀랄 만
한 이야기를 꺼내서……."

나오미는 뭐라고 답하면 좋을지 몰랐다.

***

그런 일은 있었지만, 세 사람의 새로운 생활은 순조로웠다.

유키는 전업주부로서 집안일을 완벽하게 해냈다. 덕분에
나오미와 다케시는 퇴근한 후 느긋하게 쉴 수 있었다.

어느 날 아침, 나오미가 출근 준비를 하고 있자니 유키가
새파랗게 질린 얼굴로 방에 들어왔다.

"어머님……, 죄송해요. 오늘 몸이 좀 안 좋아서 집안일을
못 챙길지도 모르겠어요."

그 모습을 보고 나오미의 직업적인 감이 무언가를 알아차
렸다.

"유키, 생리는 왔니?"

그날 나오미는 자기가 일하는 산부인과로 유키를 데려갔
다. 검사 결과, 임신 4주였다.

저녁에 퇴근한 다케시에게 임신 사실을 알리자 펄쩍 뛰며
기뻐했다. 다케시는 유키를 끌어안고 몇 번이나 고맙다고 말

했다. 내내 불안해 보였던 유키도 그 말을 듣고서야 행복을
실감한 듯했다.

＊＊＊

나오미는 두 사람을 축복했다. ……그랬을 터였다.

하지만 유키의 배가 커질수록 마음속 깊은 곳에서 뭔가가
부풀어 오르는 걸 느꼈다. 정체는 모르겠다. 그러나 떳떳하지
못한 감정임은 분명했다.

어느 날 밤, 나오미는 꿈을 꾸었다.

품에는 작은 아기를 안고 있었다. 옆을 보자 다케시가 있었다.

"다케시, 유키는 어디 있니?"

"유키? 그게 누군데?"

"무슨 소릴 하는 거야. 이 아이의 엄마잖아."

"하하하! 이상한 소리 하지 마. 이 아이의 엄마는……."

다케시가 나오미의 얼굴을 가리켰다.

잠에서 깬 후에도 그 광경은 머릿속에 선명하게 남았다.

나오미는 자각했다. 나는 아직 어머니이고 싶은 것이다. 유
키가 없는 세상에서, 아기의 어머니가 되고 싶은 것이다.

이 얼마나 역겨운 소망인가.

하지만 참으로 감미로운 꿈이기도 했다.

***

유키가 정기 검진을 받을 때는 반드시 나오미가 담당했다. 보통은 '시어머니'라는 이유로 그런 특별 대우를 해주지 않는다.

하지만 나오미가 일하는 산부인과는 보통이 아니었다. 의사는 원장 한 명뿐, 그것도 부모에게 병원을 물려받아 세상 물정이라고는 모르는 금수저 도련님이었다. 업무 대부분을 조산사에게 떠맡기고, 싱글벙글 웃는 얼굴로 병원을 돌아다니는 게 그의 일과였다. 그 결과 조산사들이 권력을 쥐게 됐다. 처음에는 거만한 동료들 사이에서 고생도 많이 했지만, 꾹 참고서 일하다 보니 어느새 나오미가 조산사 중에서 제일 고참이 되었다.

병원에서 나오미에게 참견할 수 있는 사람은 아무도 없었다.

나오미가 생각하기에 유키의 출산에는 두 가지 과제가 있었다.

첫 번째는 연령. 유키는 이미 서른다섯 살을 맞이했다. 고령 출산이라고 할 만하다. 그리고 두 번째는 혈압이다. 유키는 혈압이 높았다. 특히 긴장했을 때는 한순간이지만 정상치를 크게 웃도는 경우가 많았다.

그 수치를 볼 때마다 나오미의 가슴속에서 악의가 꿈틀거렸다.

***

2009년 9월 10일. 오전 10시에 진통이 시작됐다.

유키는 오후 6시에 분만실로 들어갔다. 여기까지는 순조로웠다.

하지만 분만실에 들어가고 몇 시간이 지나도록 아기는 태어나지 않았고, 분만 도중에 갑자기 산모가 의식을 잃었다. 병원이 소란스러워졌다. 조산사 한 명이 소리쳤다.

"뭐야! 혈압이 왜 이렇게 높아?!"

***

출산 예정일 두 달 전. 유키가 임신 8개월째에 들어섰을 무렵, 나오미의 마음속 그것은 터지기 직전까지 부풀어 올랐다. 나오미는 자기 자신에게 물었다.

"얼마 안 있으면 난 할머니가 될 거야. 늘 다정하고, 온화하고, 손자의 어리광이나 받아주는 시들어버린 존재가 되겠지.

그래도 괜찮겠어?"

답은 하나였다.

"싫어. 절대로 싫어. 난…… 엄마야."

마음속에서 뭔가가 터졌다.

다음 날 아침, 나오미는 유키에게 캡슐 알약을 세 개 주면서 말했다.

"유키, 다케시한테 들었는데 요즘 빈혈이 심하다면서? 임신기간에는 그런 사람이 많아. 임신했을 때는 철분만이 아니라 다양한 영양소가 부족해지기 쉬우니까 영양제로 보충하는 게 좋지. 나도 임신했을 때 이걸 매일 먹었어. 효과를 많이 봤단다."

캡슐의 내용물은 소금이었다.

나오미를 철석같이 믿는 유키는 아무 의심도 없이 알약을 먹었다. 고혈압 환자의 1일 소금 권장량은 6그램 미만이다. 유키는 소금을 매일 15그램씩 먹었다.

이것은 일종의 소원이었다.

이루어질 확률이 낮은, 단순한 위안거리였다. 그래도 상관없다. 이 소원이 이루어지지 않으면 포기한다. 젊은 두 사람을 음으로 양으로 지탱하는 늙은이로서 인생을 끝낼 수 있다.

나오미에게는 그게 더 행복했을지도 모른다.

하지만…… 소원이 이루어지고 말았다.

***

급히 제왕절개를 실시해서 가까스로 아이는 무사히 태어났다. 산모는 구하지 못했다.

유키는 뇌출혈을 일으켰다. 혈압이 극도로 높은 상태에서 몇 번이나 배에 잔뜩 힘을 준 것이 원인이었다. 병원 사람들 모두 이상해했다. 출산 직전에 기록된 진료 차트만 봐도 유키의 혈압은 정상치였다.

당연하다. 검사를 담당한 나오미가 수치를 가짜로 적었으니까.

다음 날, 나오미는 사표를 냈다.

더 이상 조산사로 일할 자격이 없다고 생각했기 때문이다.

***

그날 밤 꾸었던 감미로운 꿈은 현실이 되었다. 나오미는 갓 태어난 유타의 '엄마'가 되었다.

"다케시. 유타는 태어나자마자 엄마를 잃었잖니? 지금은 괜찮더라도 커서 친구가 생겼을 때, 자기만 '엄마'가 없으면 비참한 기분이 들지 않을까 싶어. 그래서 말인데, 네 심정은 복잡하겠지만 내가 대신 유타의 '엄마'가 되려고 해. 엄마치고는 늙었지만 그래도 없는 것보다는 낫지 않겠니?"

다케시를 구슬리기는 간단했다. 몇 살을 먹어도 나오미의 말을 잘 듣는 착한 아이다. 주변에서 이상하게 쳐다볼 때가 많았지만, 유타에게는 꼭 '엄마'라고 부르게 했다.

***

오랜만에 아이를 키우려니 힘들 때가 많았지만, 그 이상으로 즐겁고 행복했다. 유타가 성장하는 모습에 마음이 들떴고, 다케시와 함께 기쁨을 나누었다. 이런 나날이 올 줄은 몰랐다.

하지만 유타를 어를 때도, 밥을 먹일 때도, 가족 셋이서 공원에 놀러 갈 때도 늘 죄책감이 나오미를 따라다녔다.

이런 적은 처음이었다.

어린 시절 어머니의 목을 부러뜨렸을 때, 나오미는 조금도 자책감에 시달리지 않았다. 쪼꼬삐를 구하기 위한 일이었기 때문이다. 당시 나오미에게 그 행동은 틀림없이 정의였다.

남편, 이와타, 도요카와를 죽였을 때도 마찬가지였다. 나쁜 짓이라는 건 알고 있었지만, 후회는 없었다. 다케시를 구하기 위한 일이었기 때문이다.

나오미가 죄를 저지를 때는 언제나 지켜야 할 존재가 있었다. 새끼를 키우는 엄마 곰이 침입자를 물어 죽이듯이, 나오미는 사랑과 정의 아래서 사람을 죽여왔다.

하지만 이번에는 어떤가.

유키에게 소금을 먹였을 때, 어떤 마음이었는가…….

나오미는 깨달았다. 이번만큼은…… 자기 자신을 위한 살인이었다.

'영원히 엄마로 있고 싶다', '엄마라는 호칭을 잃고 싶지 않다' ……단지 그러한 욕심 때문에 그 착한 아이를, 다케시를 사랑해준 여자를 죽이고 말았다.

언젠가 분명 자신은 벌을 받으리라.

***

그날은 난데없이 찾아왔다.

아침에 눈을 뜨자 옆에서 자고 있어야 할 다케시가 없었다. 나오미는 왠지 가슴이 울렁거렸다.

나오미는 벌떡 일어나서 집을 뒤졌다. 다케시는 자기 방에서 목을 맨 상태로 발견됐다.

유서는 없었다. 하지만 나오미는 인터넷에서 유서를 찾아냈다.

다케시가 운영하던 블로그에 자살하기 전날 올린 글이었다.

오늘부로 블로그를 그만두겠습니다.

그 그림 세 장의 비밀을 알아차렸기 때문입니다.

당신이 대체 어떠한 고통을 짊어지고 있었는지, 나로서는 이해할

수 없습니다.

당신이 저지른 죄가 얼마나 큰지, 나로서는 가늠도 안 됩니다.

당신을 용서할 수는 없습니다. 그래도 당신을 사랑하겠습니다.

- 렌

그것은 나오미에게 보낸 메시지였다.

'그림 세 장의 비밀.' ……블로그의 글들을 읽어보고 금방

알아차렸다.

시체에서 아기를 끄집어내는 할머니 그림. 바로 나오미 그

자체였다.

유키는 눈치챘던 것이다. 나오미의 살의를.

언제부터였을까. 분명 출산 예정일 1주일 전에 갑자기 울

음을 터뜨린 적이 있었다. 세상의 종말이 온 것 같은 얼굴로

몇 시간이나 계속 울었다. 그때였는지도 모른다.

나오미가 좀 더 직접적으로 살인을 계획했다면, 유키는 다

케시에게 도움을 요청했으리라. 경찰에 신고하는 방법도 있었으리라.

하지만 나오미가 택한 방식은 너무 간접적이었다. '캡슐 알약에 소금을 넣어 먹이는 행위'는 범죄가 아니다. 발각된다 한들 얼마든지 발뺌할 수 있다.

다 커서도 어머니에게 많이 의존하고, 어머니를 그 누구보다도 신뢰하는 다케시는 나오미의 변명을 철석같이 믿으리라. 그러면 유키는 '시어머니를 살인자 취급한 최악의 며느리'가 되어 보금자리를 잃는다.

부모와 의절했고, 직업도 없고, 젊지도 않은 유키가 갈 만한 곳은 딱히 없었다.

그래서 유키는 나오미의 살의를 모르는 척했다.

혈압이 높은 상태로 출산해도 산모가 사망할 확률은 낮다. 유키는 괜찮을 것이라고 생각했으리라. 설마 죽지는 않을 것이라고 믿었으리라.

그러나 만에 하나 나오미의 계획이 성공했을 때에 대비해 유키는 그림을 남기기로 했다. 언제 풀릴지 모르는, 어쩌면 영원히 풀리지 않을 수도 있는 암호를 그림에 숨겼다.

암호는 유키가 죽은 지 3년이 지나서 풀렸다.

다케시가 어느 날, 그림의 의미를 알아차리고 말았다.

그때 다케시가 맛보았을 괴로움이 유서에서 뼈저리게 느껴진다.

'당신을 용서할 수는 없습니다.' ……당연하다. 사랑하는 아내를 빼앗겼으니까.

'그래도 당신을 사랑하겠습니다.' ……하지만 다케시는 어머니를 원망하지 않았다. 그만큼 다케시에게 나오미는 절대적인 존재였다.

상반되는 두 감정에 괴로워하던 끝에 다케시는 스스로 목숨을 끊었다.

나오미는 비로소 자신의 교육이 잘못됐음을 깨달았다.

다케시를 누구보다도 사랑한 것이, 다케시를 위해 갖은 애를 다 쓴 것이, 오히려 다케시가 정신적으로 자립하는 걸 방해했다. 정신적으로 다케시는 마지막까지 나오미와 탯줄로 연결된 상태였는지도 모른다. 어른이 되어서도 다케시는 나오미의 일부였다. 그래서 아무리 미워도 원망할 수 없었다. 스스로 나오미를 끊어내지 못했다.

"다케시…… 미안해……."

나오미는 불단 앞에서 몇 번이고 중얼거렸다. 눈물은 나지 않았다.

진정한 슬픔에 직면했을 때, 사람은 눈물을 흘릴 기력조차
잃는 법이다.

구마이 이사무

붕대 위로 배를 만져도 이제 통증이 거의 느껴지지 않는다.
구마이는 자신의 치유력에 놀랐다.

하지만 외상이 점점 나아가는 한편으로, 몸은 시시각각 좀
먹히고 있다.

3주일 전이었다.

"구마이 씨. 이런 말을 하려니 정말 미안하지만…… 재발
했어. 식도암 2기야. 수술하면 늦지는 않겠지만 5년 생존율은
50퍼센트야."

정밀 검진 때 친한 의사가 안타까운 듯이 말했다.

그날 병원에서 돌아가는 길에 구마이는 지금까지 살아온
인생을 돌이켜보았다.

젊었을 때는 기자로서 밤낮없이 일했다. 그 무렵은 직업에
긍지를 품고 있었다. 사회적 의의가 있다고 믿었다. 하지만
이제는 그랬던 과거의 자신에게 의문을 품는다.

'난 과연 사회에 도움이 됐을까? 기자가 아무리 사건을 취재한들 범인을 붙잡는 건 경찰이야. 기자는 경찰의 등에 달라붙어, 흘러나온 정보를 대중한테 팔기밖에 못 하지. 나는 이십수 년간 구경꾼들의 호기심을 채우는 데 힘쓴 것 아닐까?'

한 청년이 떠올랐다.

'반면에 이와타는 나보다 훨씬 의의 있는 일을 했어. 녀석은 경찰보다 먼저 진상에 다다랐지. 범인에게 습격당해 죽기 직전에도 정보를 남기려고 했고. 내 20년과 녀석의 몇 주일. 뭐가 더 가치 있을까?'

속상했다.
이와타에게 지고는 죽어도 눈을 못 감는다.
만약 이와타에게 이기려면…… 방법은 하나밖에 없다.
나오미를 붙잡는다. 그것뿐이다.

***

구마이는 그날 L현경으로 가서 한 남자를 만났다.
구라타 게이조……. 기자 시절에 제일 사이좋았던 형사다.

동갑에다 고향도 가까워서, 기자와 형사라는 관계를 내려놓고 가끔 술로 밤을 지새우고는 했다. 구마이가 오랜만에 찾아가자 구라타는 몹시 반겼다.

"이야! 구마이! 정말 오랜만이네. 잘 지냈어?!"

"그냥 그래. 그러는 넌 신수가 훤하네."

"아아! 얼마 전에 손자가 태어났거든. 결혼식을 볼 때까지는 팔팔하게 살아야지. 하하하!"

"그거 경사로군. 꼭 장수해라."

"오오, 고마워. ……그런데 오늘은 갑자기 어쩐 일이야?"

"아아. 의논할 일이 있어서. 1992년과 1995년에 발생한 사건을 지금 재수사할 수 있나?"

"몇 월인데?"

"둘 다 9월이야."

"……92년 사건은 이미 시효가 성립됐어. 하지만 95년 9월 사건은 개정법 덕분에 아직 살아 있고. 그래도 그렇게 옛날 사건이면 수사본부도 이미 해체됐을 테니, 새로운 증거라도 없는 한 재수사는 어렵겠지."

"네 권한으로 어떻게 안 될까?"

"일개 경사한테 그런 힘이 어디 있냐?"

"단서는 있어. 요즘 수사 기술을 활용하면…… 혹시 증거가 나올지도 몰라."

"아쉽지만 '추측'만으로 조직을 움직일 수는 없어."

"……그럼 용의자가 체포되면 어때?"

"……무슨 소리야?"

"예를 들어 그 사건의 범인이 나를 칼로 찔렀다고 치자. 그때 마침 현장에 있었던 네가 범인을 상해죄 현행범으로 체포하는 거야. 그럴 경우, 범인이 과거에 저질렀을 가능성이 있는 사건도 다시 파헤칠 수 있겠지."

"……소위 별건 체포인가. 그야 당연히 여죄는 추궁하겠지. 하지만 그러려면 일단 네가 범인 칼에 찔려야 하는데?"

"맞아. 그러니까 범인이 나를 찌르도록 유도할 거야."

"'유도'하다니……. 범인이 누군지 아는 거야?"

"알아. 증거는 없지만 틀림없어. 그러니 구라타, 부탁 좀 하자. 그 현장에 나랑 같이 가서 그자를 체포해줘."

"어어, 잠깐만. 냉정하게 생각해."

"난 냉정해. 냉정하게 말하는 거야. 그 범인을 꼭 붙잡고 싶어. ……지독한 악연이거든."

"그렇다고 위험을 무릅쓸 필요는 없잖아? 까딱 잘못하면 죽을 수도 있어."

"상관없어. 실은…… 나, 암이야."

"뭐……?"

"수술해도 5년 후에 살아 있을 확률은 절반이래. 설령 살아

남더라도 쓸쓸한 여생을 보내야겠지. 난 마누라도 자식도 없잖아. 물론 손자도. ……부탁이야. 죽기 전에 소원 하나 들어주는 셈 치고 좀 도와줘. 이왕 죽을 거면 가치 있게 죽고 싶어."

"……조금만 생각할 시간을 주겠어?"

며칠 후 구라타에게 전화가 왔다.

구마이의 부탁을 받아들이겠다고 했다. 단, 조건을 한 가지 제시했다.

"방검 조끼를 입어. 절대로 죽지 마. 약속이야."

***

2015년 4월 20일, 구마이는 도쿄의 호텔에 방을 잡았다.

오후 5시경, 회색 코트를 입고 밖으로 나갔다. 주택가에 외따로 자리한 편의점의 기둥에 몸을 숨겼다.

30분쯤 지났을까 모자(母子)가 편의점 앞을 지나갔다. 구마이는 어머니의 얼굴을 확인했다. 틀림없다. 곤노 나오미다. 구마이는 두 사람의 뒤를 밟았다. 미행을 시작하고 겨우 몇십 초도 지나지 않아 나오미가 뒤를 돌아보았다.

'눈치가 빠르군…….'

구마이는 20년간 경찰의 시선을 두려워하며 살아온 인간의 감이 얼마나 날카로운지 여실히 깨달았다.

구마이의 작전은 단순했다. 나오미에게 공포심을 안겨준다. '누가 자신들을 노리고 쫓아다닌다.' ……그런 생각을 심으면 된다. 아이가 위험하다고 생각하면 나오미는 분명 엄니를 드러낸다. 또 사람을 죽이려고 할 것이다.

22일, 구마이는 검은색 렌터카를 편의점에 대고 나오미를 기다렸다. 그때 마음을 뒤흔드는 일이 생겼다.

편의점에서 나온 곤노 모자가 차 앞을 지나쳤을 때, 석양에 비친 나오미의 옆얼굴이 눈에 들어왔다. 파운데이션을 떡칠해서 만든 가짜 젊음. 그렇지만 자애로움으로 가득한 표정이었다. 어린아이를 지키는 부모의 얼굴이었다.

구마이는 망설여지는 마음을 애써 다잡고 가속 페달을 밟았다.

'네가 죽인 사람들에게도 가족은 있었어.'

미행을 시작한 지 나흘째. 그날 나오미는 전에 없이 겁먹은 태도를 보였다. 아이의 손을 잡고 뜀박질해서 맨션에 들어갔다. 구마이는 나오미를 더욱 몰아붙이기 위해 두 사람이 사는 6층까지 쫓아갔다. 떨리는 손으로 문을 열고 집으로 몸을 숨기는 나오미를 보고 때가 무르익었다고 확신했다.

구마이는 즉시 구라타에게 전화를 걸었다.

"내일 밤에 결행할 거야."

***

다음 날 저녁, 구마이는 호텔 욕실에서 평소보다 오래 뜨거운 물에 몸을 담근 후, 커피를 한 잔 마시고 코트를 입었다.

방검 조끼는 입지 않았다. 상처가 깊을수록 나오미의 죄는 무거워진다. 죽으면 더더욱.

'회색 수의라니 참 얄궂군.'

속으로 웃었다.

밤에 맨션 앞에서 구라타와 만나 함께 6층으로 올라갔다.

구라타를 복도 구석에 대기시킨 후, 구마이는 곤노네의 초인종을 눌렀다.

잠시 후 문 너머에서 목소리가 들렸다.

"네, 지금 열게요." 일부러 밝은 척하는 목소리였다.

하기오 도미코

경찰은 4월 24일에 상해죄로 체포된 용의자 곤노 나오미가 과거에 여러 차례 살인사건에 관여했을 가능성이 있다고 보고 조사를 진행 중이다. 용의자 곤노 나오미는…….

하기오 도미코는 신문을 테이블에 내려놓고 동요한 마음을 가라앉히기 위해 페트병에 든 홍차를 마셨다. 겨드랑이에 땀이 흥건했다.

"나오미…… 어째서……."

하기오는 연구실의 선반장을 열었다. 선반장에는 심리상담사 시절의 정신분석 관련 자료를 가득 보관해놓았다. 하기오는 몇 시간이나 자료를 뒤진 끝에 그림 한 장을 찾아냈다.

몇십 년 전, 어머니를 살해하고 아동자립지원시설에 들어간 소녀, 곤노 나오미가 그린 그림.

하기오는 일찍이 이 그림을 보고 '갱생의 여지가 있다'고 판단했다.

가시처럼 뾰족한 나뭇가지는 나오미의 반항심과 공격성을 상징한다. 하지만 그와 동시에 나무 속 구멍에다 귀여운 문조를 그렸다. 하기오는 이 점에 주목했다.

'약한 존재를 보호하고 싶다는 다정한 마음이 표출됐다. 동물과 거듭 접촉함으로써 모성애를 키우면 반항심과 공격성은 서서히 약화될 것이다.'

그것이 하기오가 나오미를 진단한 결과였다.

하지만…… 지금 다시 그림을 보자 다른 해석이 떠올랐다.

혹시 반대였던 걸까.

나뭇가지는 문조를 보호하기 위해 뾰족해진 것 아닐까.

약한 존재를 지키기 위해서라면 얼마든지 적을 해칠 수 있는 인격. 이 나무는 바로 살인귀 곤노 나오미 그 자체를 상징했던 것 아닐까.

하기오는 몸을 부르르 떨었다. 일찍이 너무 얕은 생각으로 정신분석에 임한 것이 부끄러웠다.

지금 나오미에게 같은 그림을 그리라고 하면 어떨까. 현재 나오미의 마음속 '나무'에는 어떤 모양의 가지가 뻗어 있을까.

구마이 이사무

"축하해요! 이제 완전히 아물었네요. 붕대도 필요 없지 않으려나~. 내일쯤에는 퇴원할 수 있겠어요."
간호사는 코맹맹이 소리를 남기고 가뿐한 걸음걸이로 물러 갔다.

'이 하얀 천장과도 작별인가…….'
그렇게 생각하자 조금 섭섭한 기분도 들었다.
그때 커튼 너머 옆 침대에서 목소리가 들렸다.

"구마이 씨, 퇴원이군요. 축하드립니다."

며칠 전 다리가 부러져서 입원한 청년이다. 구마이는 자기 이야기를 하는 걸 별로 좋아하지 않는 성격이지만, 청년의 경쾌하고 재치 있는 말솜씨에 넘어가서 요 며칠간 그만 여러 가지 이야기를…… 예를 들면 자기가 신문사에 다닌다는 것, 예전에는 기자였다는 것, 그리고 식도암 2기라는 것까지 밝히고 말았다.

"아아, 고마워."

"하지만 힘드시겠어요. 퇴원하자마자 암 수술을 받으셔야 할 테니까요."

"……아니, 수술은 안 해."

"네? 왜요? 말기는 아니잖아요?"

"난 올해 예순다섯 살이야. 수명을 조금 늘려본들 공허한 인생이 기다릴 뿐이지. 말했잖아? 난 가족이 없어. 혼자 오래 살아본들 아무 재미도 없다고."

"에이, 혼자서도 얼마든지 재미있게 살 수 있는걸요. 스쿠버다이빙을 한다든가, 암벽 등반도 괜찮겠네요."

"이봐……. 터무니없는 소리 하지 마."

"그리고 구마이 씨는 앞으로 하셔야 할 일이 있을 텐데요."

"해야 할 일이라니?"

"구마이 씨의 협력으로 체포된 용의자 곤노 나오미의 손자, 유타를 돌보는 거 말이에요."

가슴이 쿵 내려앉았다. 그 일에 관련된 이야기는 꺼낸 적이 없다.

"이, 이봐! 그걸 어떻게 안 거야."

"뉴스에서 봤어요. '신문사 사원 구마이 이사무 씨가 목숨을 버릴 각오로 미결 사건의 용의자를 붙잡았다'고 나오던데요. 입원할 때 병실의 이름표를 보고 놀랐어요. 설마 그런 분과 같은 방을 쓸 줄이야."

"······알고 있었으면 빨리 말하든가······."

확실히 그때는 전국 뉴스에서 사건을 나름 크게 다루었다. 옆 침대의 청년이 알고 있어도 이상할 것 없다.

"그나저나 곤노 나오미가 체포돼서 다행이네요. 이제 이와타 씨와 도요카와 씨도 고이 잠드시겠어요."

"······뭐라고?"

이상하다.

경찰은 아직 그렇게까지 자세한 정보는 공개하지 않았다. 평범한 일반인이 이와타와 도요카와를 알 리 없다.

"혹시 경찰 관계자야? 아니면 기자?"

"아니요."

"그럼 이와타와 도요카와의 이름을 어떻게 아는 거지?"

"개인적으로 조사했어요. 지금은 인터넷으로 뭐든지 찾아볼 수 있으니까요. ……곤노 나오미의 남편은 1992년에 살해당한 미우라 요시하루 씨. 범인은 3년 후에 같은 방법으로 이와타 슌스케 씨를 죽였어요. 그때 범인으로 지목된 게 도요카와 노부오 씨. 그리고 이번에 당시 중요 참고인이었던 곤노 나오미가 체포됐죠. 게다가 과거에 여러 차례 살인사건에 관여했을 가능성이 있다고 하고요. ……그렇다면 예전의 그 사건에 나오미가 관여했다고 추측하기는 어렵지 않겠죠."

"……뭐, 그럴지도 모르지만……."

"미우라 씨와 이와타 씨가 죽기 직전에 그린 '그림'도 인터넷에서 봤어요. 그거, 분명 손이 보이지 않는 상황에서 그린 거겠죠. 대체 어떤 상황이길래 그랬는가. 현장에서 침낭이 도난당한 걸 고려하면 간단해요. 두 사람은 잠든 사이에 습격당한 거예요."

"당신…… 뭐 하는 사람이야……."

"보통 대학생인데요."

"어째서 보통 대학생이 사건에 그렇게 빠삭하지?"

"……실은 작년에 기묘한 블로그를 발견했거든요. 그게 아무래도 마음에 걸려서 요 1년간, 진상을 조사하기 위해 시간을 투자했어요. 그랬더니 웬걸, 이번 사건과 연결되더라고요. ……구마이 씨는 아세요? 곤노 나오미의 아들이 운영했던 블로그."

"아니…… 몰라."

"그럼 제가 구마이 씨께 특종을 선물할 수 있을지도 모르겠네요. 그 블로그를 살펴보면 곤노 나오미의 여죄가 하나 더 나올 거예요. 곤노 나오미는 분명 며느리의 죽음에도 관여했어요."

"……."

나오미의 며느리 곤노 유키는 2009년에 사망했다. 엉터리로 하는 이야기는 아니다.

"아참, 구마이 씨. 저랑 거래하실래요?"

"거래?"

"그 블로그의 이름을 알려드리는 대신, 제 부탁도 하나 들어주세요."

"부탁이라니…… 뭔데?"

"수술을 받으세요."

"……내가 수술을 받는다고 당신한테 무슨 득이 있지?"

"제가 득을 보기 위해서가 아니라 곤노 유타를 위해서예요.

아까도 말씀드렸지만, 유타가 어른이 될 때까지 돌봐주셨으면 해요. 이 사건은 범인이 체포된다고 해결되는 게 아니에요. 의지할 곳이 없어진 유타가 행복한 인생을 손에 넣어야 비로소 사건이 해결되는 겁니다."

확실히 구마이도 유타가 마음에 걸렸다. 나오미가 체포된 후 유타는 아동보호시설에서 생활하는 중이다. 참 외로우리라. 구마이가 나오미를 쫓지 않았다면 이런 일은 일어나지 않았다. 자신이 한 일을 후회하지는 않지만, 유타에게 죄책감은 들었다.

"뭐, 나도 그 아이를 어떻게든 해야 한다고는 생각해."

"그럼 윈-윈이잖아요. 거래 성립이네요."

"……알았어. 내가 졌어. 수술을 받을게."

"그러셔야죠!"

"그럼 블로그 이름을 알려줘."

"'나나시노 렌 마음의 일기'예요."

"……이봐. 엉터리로 하는 소리는 아니겠지? 곤노 나오미의 아들 이름은 '곤노 다케시'야. 이름이 완전히 다르잖아."

"닉네임이에요. 구마이 씨, '곤노 다케시'를 히라가나로 써서 분해해보세요.

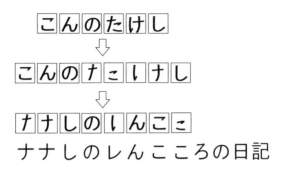

ナナしのれんこころの日記

'다(た)'를 분해하면 가타가나 '나(ナ)'와 히라가나 '코(こ)'가
되죠. '케(け)'를 분해하면 가타가나 '레(レ)'와 '나(ナ)'가 되고
요. 이걸 바꾸어 나열하면 '나나시노렌코코(ナナしのれんここ)'
가 돼요. 그래서 '나나시노 렌 마음의 일기'인 거겠죠(*'마음'의
일본어 발음은 '코코로'다)."

"당신…… 잘 모르겠지만, 대단하군."

"감사합니다. 저는 약속을 지켰으니, 다음은 구마이 씨 차
례예요. 퇴원하면 꼭 수술을 받으세요."

"알았어. 한 입으로 두말은 안 해. ……그렇지만 하나만 알
려줘. 왜 이 사건에 그렇게까지 열의를 보이는 거지? 흥미 본
위로 추적했다……. 이렇게 말하면 미안하지만, 그냥 호사가
잖아?"

"……예전에 학교 동아리 선배가 블로그의 진상을 알아내면
말해달라고 했거든요. 선배는 이미 학교를 졸업했지만, 언젠

가 만나면 약속을 지키고 싶어요. 그때를 위해 사건이 원만하게 해결돼야 해요. 아니면 기분 좋게 이야기할 수 없잖아요?"

— 2015년 6월 어느 날 맑음

요네자와 미우의 아버지는 아침부터 자기 집 마당에서 커다란 몸으로 숯불을 피우고, 부지런히 움직이느라 온몸이 땀에 젖었다. 석쇠가 달구어지자 준비해둔 생선과 채소, 그리고 소고기를 잔뜩 구웠다. 미우는 자기 취향대로 맛있게 구워진 고기를 골라 소스에 푹 찍어서 먹었다.

"미우. 고기만 먹지 말고 채소도 먹어."
"알았어."

말이 끝나기가 무섭게 미우는 고기를 한 점 더 입에 넣었다.
그런 두 사람의 모습을 아내는 조금 떨어진 곳에 있는 의자에 앉아서 지켜보았다.
실은 오늘 곤노네도 부를 예정이었다. 그런데 하필이면 그런 일이 벌어지고 말았다. 나오미가 체포된 후 유타는 아동보호시설에서 지내고 있다. 분명 외로우리라. 불안하리라. 어떻게든 유타를 격려해주고 싶어서 오늘 고기 파티에 초대했다.
곧 도착할 시간이다.

그때 미우가 소리쳤다.

"아! 유타다!"

대문 쪽을 보자 유타가 서 있었다. 초로의 남자와 함께였
다. 현재 자청해서 유타를 돌봐주고 있는 구마이라는 사람이
다. 어떤 관계인지는 모르지만 유타와 양자결연 절차를 밟고
있다고 한다.

요네자와는 두 사람에게 후다닥 달려가서 말했다.

"오! 유타! 어서 오렴."

유타가 고개를 꾸벅 숙였다.

"구마이 씨, 유타를 데려와 주셔서 감사해요. 괜찮으시면
같이 드시죠."

"감사하지만 사양하겠습니다. 얼마 전에 수술해서 아직 밥
을 잘 못 먹거든요."

"그렇군요……. 힘드시겠어요."

"근처에 있을 테니 끝나면 전화 주십시오. 급하지 않으니까
천천히들 드세요."

구마이는 그렇게 말한 다음 호주머니에 한 손을 넣고 걸어

갔다.

***

유타는 종이 접시를 들었지만 고기에는 손대려 하지 않았다. 긴장한 걸까. 요네자와는 애써 밝게 말했다.

"유타, 어떤 고기를 좋아하니? 두툼한 스테이크도 있고, 부드럽고 얇은 고기도 있고, 뼈가 붙은 고기도 있단다. 좋아하는 걸로 구워줄 테니까 말해보렴."

유타는 말을 꺼내지 못하고 머뭇머뭇했다. 그러자 미우가 끼어들었다.

"있지, 아빠. 유타는 고기를 별로 안 좋아해."

"어?! 그럼 큰일인데. 미안하구나, 유타. 그럼 오늘은 먹을 게 별로 없겠는걸……."

"하지만 유타는 볶음면을 좋아해. 그렇지, 유타?"

유타는 쑥스러운 표정으로 고개를 끄덕였다.

"좋아! 그럼 볶음면을 만들자."

석쇠를 치우고 숯불 위에 철판을 올렸다. 양배추를 손으로 찢어서 면과 함께 볶았다.

미우와 유타는 기대에 찬 눈으로 그 모습을 바라보았다.

요네자와는 안다. 아이는 슬픔이나 불안에 어른 이상으로 민감하다. 그리고 어른과 마찬가지로 그렇다는 사실을 감춰서 주변에 들키지 않으려고 애쓴다. 미우도 유타도 분명 웃음으로 가린 채 참을 때가 있으리라. 그렇기에 요네자와는 두 사람에게 전하고 싶었다. 인생에는 힘든 일만큼 즐거운 일과 행복한 시간도 많다고. 요네자와는 한껏 유쾌한 목소리로 말했다.

"어디 해볼까! 유타! 미우! 기다려! 세상에서 제일 맛있는 볶음면을 만들어줄게!"

이상한 작가 우케쓰의
재기 넘치는 도전

　복면 작가라는 말이 있다. 이름, 얼굴, 경력 등을 비밀로 해서 베일에 가려져 있는 작가를 뜻한다. 여기서 복면은 어디까지나 비유적인 표현이지만, 일본에는 실제로 복면을 쓰고 활동하는 작가가 있다. 바로 우케쓰(雨穴)다.

　지점토로 만든 듯한 흰색 가면, 온몸을 감싼 검은 타이츠, 변조한 목소리. 온라인 세상에 모습을 공개하고 왕성하게 활동하고 있지만 신원은커녕 성별조차 알 수 없는(남자로 추정되긴 하지만), 그야말로 진정한 의미의 복면 작가다.

　우케쓰는 그 기괴한 겉모습에 어울리게 웹사이트 '오모코로'와 자신의 유튜브 채널 '雨穴'에 다양한 오컬트 콘텐츠를 올리고 있다. 특히 유튜브의 '미스터리 목록'에 올라오는 콘텐츠는 상당히 공을 많이 들였고, 내용도 아주 재미있다.

그중에서도 '이것은, 어느 집의 평면도입니다'로 시작되는 부동산 미스터리 《이상한 집》은 평면도를 중심으로 한 몰입감 있는 스토리로 1천 만이 넘는 조회 수를 달성했다. 아마 국내 온라인 커뮤니티에서도 접한 사람이 있을 것이다. 이후 동명의 소설로 출간되어 베스트셀러가 됐고, 2024년에 영화로도 공개될 예정이다.

『이상한 집』이 성공한 이유는 자칫 무미건조하게 느껴질 수 있는 '도면'이라는 요소를 잘 활용했기 때문이라고 생각한다. 도전에 성공한 우케쓰는 이번에 새로운 도전에 나선다. 바로 '그림'을 활용한 소설이다.

『이상한 그림』은 총 네 장으로 구성된 소설로, 각 장 첫머리에 그림이 하나씩 나온다. 얼핏 보기에는 평범하게 느껴지지만, 각각의 그림에는 수수께끼와 그 수수께끼를 풀 단서가 포함되어 있다(덧붙여 본문에는 더 많은 그림과 표가 있다). 원래 소설은 그러한 부분을 글로 표현하지만, 우케쓰는 시각적인 요소를 동원해 놓치고 넘어가서는 안 되는 수수께끼와 단서를 직관적으로 내놓음으로써 독자를 책 깊숙이 끌어들인다.

그렇다고 소설 특유의 재미를 놓치지도 않았다. 데뷔작 『이상한 집』은 영상 콘텐츠를 토대로 내용을 덧붙인 작품이라 약간 미흡한 점이 보였지만, 『이상한 그림』에서는 그러한 점을 보완했다.

일단 각 장을 단편 미스터리처럼 읽을 수 있다. 그림을 통해 제시된 각 장의 수수께끼가 해당 장에서 완결되기 때문이다. 작가는 그림과 글 속에 뿌린 단서를 솜씨 좋게 짜 맞추어 수수께끼를 풀어내고 독자의 허를 찌르는 진상을 선사한다. 그런 한편으로 각 장이 유기적으로 연결되어 하나의 큰 이야기를 완성한다. 단편 미스터리로 이루어진 장편 미스터리 소설인 셈이다. 그렇기에 텍스트가 늘었어도 가독성은 줄지 않았다. 마치 우케쓰가 제작한 영상 콘텐츠를 보듯 흡입력 있는 문장으로 독자를 책 속에 끌어들인다.

가독성 넘치는 문장, 절묘한 구성과 허를 찌르는 진상 등 그야말로 잘 쓴 웰메이드 미스터리 소설이라 하겠다.

소설은 그야말로 유구한 전통을 자랑하는 오락거리다. 하지만 이제 읽는 재미보다 보는 재미를 추구하는 사람들이 점점 많아지고 있지 않나 싶다. 그렇듯 변화하는 세상에서 우케쓰는 읽는 재미와 보는 재미를 동시에 안겨주는 새로운 소설에 도전하는 중이다. 두 마리 토끼를 손에 넣은 우케쓰의 실력을 『이상한 그림』으로 확인해보시길 바란다.

2023년 7월
김은모

참고도서

- 다카하시 요리코(高橋依子), 『描画テスト(그리기 테스트)』, 기타오지 쇼보(北大路書房), 2011
- 스즈키 다다시(鈴木忠), 『チャイルド・アートの発達心理学 子どもの絵のへんてこさには意味がある(아동 예술의 발달 심리학-아이의 괴상한 그림에는 의미가 있다)』, 신요샤(新曜社), 2021

이상한 그림

초판 1쇄 발행 2023년 7월 24일
초판 2쇄 발행 2023년 7월 31일

지은이 우케쓰
옮긴이 김은모

펴낸이 안병현
본부장 이승은 총괄 박동옥
책임편집 이경주 디자인 박지은
마케팅 신대섭 배태욱 김수연 제작 조화연

펴낸곳 주식회사 교보문고
등록 제406-2008-000090호(2008년 12월 5일)
주소 경기도 파주시 문발로 249
전화 대표전화 1544-1900 주문 02)3156-3665 팩스 0502)987-5725

ISBN 979-11-7061-018-2 (03830)
책값은 표지에 있습니다.